W0370370

Voleur de poules

ROGER KNOBELSPIESS

Q.H.S., quartier de haute sécurité	
L'acharnement : ou la volonté d'erreur judiciaire	
Lettres de prison	
Le roman des Écameaux	
Voleur de poules	*J'ai lu* 3210/2

Roger Knobelspiess

Voleur de poules

Éditions J'ai lu

© Flammarion, 1991

J'étais élève dans la classe de M. Lethuillier, un homme de l'avant-guerre. En classe, nous l'écoutions, inquiets, apeurés. Les anecdotes mises bout à bout qu'il déversait dans nos têtes nous faisaient imaginer ces Allemands terribles. Je me voyais fuyant pour éviter les balles. Je refusais d'être confronté à ses histoires et cela développait en moi un sentiment d'invulnérabilité. Je saurais défier ces hommes en uniforme, pensais-je, et, si cela devait virer vinaigre, je pourrais toujours m'en tirer. Ils ne m'attraperaient jamais : j'avais mes planques secrètes où me terrer, au cas où...

L'instit, sa blouse gris charbon et ses grosses pattes velues avec lesquelles il s'appliquait à écrire sur le tableau noir au fond de la classe. Ensuite, il effaçait avec un chiffon. Il s'ensuivait un nuage de poussière de craie. Cette craie blanche crissait au contact du tableau et au fur et à mesure laissait échapper un son gras, étouffé, à peine audible mais qu'on connaissait bien. Nous étions là, dans le vague, le nez en l'air, l'ennui à fleur de peau. Quand la craie cassait, l'instit jurait comme un charretier. Avec son nez rouge vinassé et toutes ses expressions pète-sec, c'était l'instituteur le plus redouté de l'école, le plus vache. Être dans sa classe était considéré comme une vraie malchance.

Cela se passait à l'école Michelet, à Elbeuf, en Normandie, dans l'après-guerre. Cet homme, avec sa tête de viticulteur, de la charcuterie dans les veines, le bide viril sur le futal Tergal, la quarantaine exécrable, n'aimait pas les enfants. Ils le lui rendaient bien... Quelquefois, en ses heures de relative bonne humeur, l'instit Lethuillier chantonnait un succès du moment, une chanson de Gilbert Bécaud, je crois : « *Mé-qué-mé-qué, mais qu'est-ce que c'est...* » Du coup, les élèves baissaient la garde du sourcil froncé, la feinte écoute studieuse cédait la place aux sourires, aux jeux qui revenaient spontanément. S'apercevant de ce relâchement soudain, l'instit balançait un furieux coup de règle sur son bureau. Cette violence nous clouait sur place. Mieux, il raffinait et entrait dans l'art des châtiments appliqués. Au hasard, il choisissait parmi nous une victime. L'élève désigné devait venir près de son bureau, tendre la main, retourner les doigts vers le haut et l'instit frappait sèchement d'un coup de règle sur le bout des doigts. La douleur nous faisait grimacer, sans broncher. Cette petite séance terminée, un silence lourd revenait. Parfois aussi, au lieu de se livrer à ce sévice, il éructait, les joues en feu :

« Leclerc, va dans le couloir ! Sors ! »

On n'en menait pas large.

Mais quand il racontait la guerre, la classe se suspendait à ses lèvres, bouche bée. Chacun, à cette époque, avait sa petite histoire sur la guerre. L'instituteur n'avait jamais oublié ce qu'on avait fait à son frère et sa sœur. La haine des « Boches » le rongeait. Sa sœur et son frère étaient allés au ravitaillement dans une ferme normande. Par chez nous, c'est champs de blé, de betteraves, vaches, pommiers, de grandes étendues cultivées, des enclos d'herbe verte, la forêt, les villages et Elbeuf la ville du drap. Ils rapportaient des œufs, du beurre, des poules, du lait, des pommes de terre, du cidre et de l'eau-de-vie. La bouffe et la picole de base chez les Normands. Une patrouille allemande les avait appréhendés.

« Les Schleus ! »

D'abord, ils furent corrects et courtois :

« *Kartoffeln ? ya !* »

J'ai vite su que *kartoffel,* en allemand, ça voulait dire pomme de terre.

Les Allemands disent à la sœur et au frère de l'instit de déguerpir. Ce qu'ils font, en courant. Mais à peine ont-ils parcouru quelques mètres que les rafales de mitraillettes éclatent dans leur dos. On les retrouva morts, l'un au milieu de la route, l'autre dans le fossé. Un cul-terreux qui avait vu la scène de loin témoignera. Maintenant, on raconte aux enfants. Sans aucune critique, ni aucun recul. C'est dit sur le ton de la fatalité, comme une mauvaise saison, une récolte maigrichonne, les variations du temps.

L'année scolaire s'achevait et le photographe vint tirer le portrait de la classe. Il nous installa devant le perron, nous disposa et en recoiffa quelques-uns. Quand il arriva à moi, l'instit stoppa le peigne dans son élan avec un :

« Pas celui-là !

— Ah bon... ?

— Oui. Mesure d'hygiène. »

Sur le coup, je n'ai pas pigé. C'est après, quand mes petits camarades me traitèrent de « pouilleux », que je sus à quel point ce crétin d'instituteur m'avait mis à l'index.

Les poux ?

L'école Michelet se situait rue de l'Hôpital. En contrebas, il y avait une grande cour, un préau en ardoises noires, trois arbres, quatre W.-C. au fond de la cour. Un bâtiment sur trois étages avec un perron de quatre marches. On s'alignait en rang, deux par deux, et chaque groupe allait occuper une grande pièce qui faisait office de classe. Il y avait six classes ; quatre instits et deux institutrices, dont une roulait des pelles à l'instit qui nous faisait le sport.

Nous l'avions su parce que, un jour, ils étaient restés dans une classe pendant la récréation, et un élève qui avait oublié son goûter les surprit. Après, d'autres élèves essayèrent de les surprendre à leur tour, en firent un jeu risqué.

Classes de septième, sixième, cinquième... Le pupitre en bois avec l'encrier incrusté, le plumier, le cahier pour les devoirs, les conjugaisons, le livre de géographie lu, archilu, usé, les grandes cartes étalées sur le tableau noir, suspendues à deux clous. Difficile à suivre, difficile d'imaginer où la Seine prenait sa source. Les rayons de soleil passaient à travers la fenêtre. L'ennui viscéral me crispait. J'étais assigné à ce pupitre, mal assis sur le siège en bois. Le devoir de suivre, d'écouter, la nécessité, la contrainte... Je ne comprenais rien, je ne retenais rien. L'instit, la promiscuité des autres écoliers ne suscitaient que mon hostilité.

Je rêvais d'une montre pour voir s'écouler les heures. Combien de fois me suis-je bagarré ! Le qualificatif de « pouilleux » avait occasionné en moi un rejet des autres et, sans le savoir, j'appliquais une forme de révolte par inertie. Plus l'instit me répétait que j'étais « con », et plus je m'acharnais à le devenir. Il disait :

« Récite-moi la table de multiplication par sept. »

J'entonnais les premières mesures et, dès que j'avais un trou de mémoire, je me rasseyais en disant :

« Excusez-moi, j'suis con.

— Tu finiras en prison, comme ton père ! »

Je n'ai jamais su d'où il tenait que mon père avait fait de la prison. Je fus noté : « Élève fainéant et indiscipliné. » Cette note m'accompagna ensuite tout au long de mes procès d'assises. En classe, j'écoutais les bruits du dehors, comme de ma geôle, plus tard, à travers les barreaux, je passerai mon temps de banni à l'écoute des bruits lointains. Ah ! mon vieux Shakespeare, toi qui méditais sur la vie : « Nous sommes tissés de l'étoffe dont sont faits les rêves. »

L'infirmière passa en classe. Elle appela mon patronyme. Sans discuter, heureux de cette courte escapade, je m'appliquai à la suivre docilement. Si j'avais su !

Les poux !

J'étais porteur de poux, petite contrainte hygiénique, objet des soins de l'infirmière. Dame austère, en blouse bleu ciel, coiffée d'un chignon. Mon départ de la classe suscitait des commentaires, des murmures et des railleries. Je sentais qu'ils me suivaient des yeux. Le lot de cette exclusion à laquelle je m'accoutumais.

Départ pour la désinfection, le traitement

du pou, de la lente. L'infirmière me shampouinait d'insecticides et autres traitements mystérieux. J'aimais ce moment où elle s'occupait de moi, mettait ses mains sur ma tête. La pédiculose sociale, l'éviction inavouable. L'insecte exerce ses six à sept succions par jour, en repas ininterrompus, jusqu'à l'intervention des doigts grattant férocement le cuir chevelu pour écraser cette bestiole qui peut ingurgiter l'équivalent de son poids en sang, qui copule et se reproduit sur votre caboche. Mieux : résiste à l'eau, sait nager (d'après le professeur Goz — grand spécialiste en la matière) et vit entre vingt-cinq et trente jours. La femelle pond dix œufs par jour. Elle les soude aux poils grâce à une colle qu'elle sécrète. Le bébé pou se développe avec la pousse du cheveu, change quatre fois de peau et grossit de dix à vingt fois avant de devenir adulte...

Souvent, j'arrivais à en loger un. La douleur légère, la démangeaison me guidaient, et hop ! je le chopais et l'exposais sur mon pupitre. Sans un brin de pitié, je l'écrasais avec le revers de l'ongle. Il éclatait dans un petit bruit sec et étouffé, craquelait comme une miette de pain. L'instit, parfois, surprenait mon manège. Il fonçait sur moi : « Sors ! sors ! va dehors, dégueulasse... Dire que j'ai un déchet pareil dans ma classe. » Le pou gisait sur le pupitre dans les restes de sang séché. Je regardais l'instit avec mon air

« effronté » (on n'a pas cessé de me dire que j'avais un air effronté). Dans le couloir je ruminais : « Ah ! quand je serai grand... L'instit aura le même sort que le pou ! »

Les tempes brûlantes, j'avais de ces transports, pas de jugeote, mais des états d'âme. Écolier caractériel et léthargique. Mon enfance ne baignait pas dans la joie. Seule la vie était forte en moi : un défi à la disgrâce sociale, comme si j'avais d'abord à voler ma propre existence.

Socrate dit du pou qu'il « mordille voluptueusement ».

Le ministère de la Santé refuse de considérer comme maladie ce parasite du cuir chevelu, et pourtant, me penchant sur la question, j'ai appris que l'insecte avait évolué, qu'il résiste mieux que jamais aux traitements antiparasites. Poux coriaces, poux mutants...

Et si c'était moi qui avais aidé l'insecte casanier à être encore plus résistant, pour ennuyer les biologistes ? Solidarité de paria ? Il y en a qui courbent la tête à vie. Ils feraient bien de se la gratter. Moi, j'avais l'enfer dans mes langes.

L'après-guerre (venir au monde après une guerre... Que la guerre même puisse exister ?), dans les années 50-55, pour quiconque avait des poux, cela signifiait : le crâne rasé !

Un jour, je me suis pointé à l'école. L'infirmière, dans mon dos, avait consulté mes parents et eux, en douce, avaient donné leur accord.

La dame en bleu vint me chercher en classe, très souriante. Nous traversâmes la cour de récré dans l'odeur du printemps. Je n'oublierai jamais le vent parfumé. Souvent, je le retrouve comme au premier jour, ce vent. Dans la cour de l'école, le soleil faisait du bien. J'ai levé les yeux au ciel et ma vision est redégringolée sur l'usine en face. Une ouvrière avec un fichu sur les cheveux s'adossait à l'une des fenêtres. Elle devait souffler un peu. De la cour d'école, on entendait le bruit des métiers à tisser.

L'infirmerie puait l'éther. Murs peints en jaune canard. L'infirmière m'invita gentiment à m'asseoir. Le temps que je comprenne, que je réagisse à ce qu'elle bricolait dans mon dos, je sentis le froid du métal sur ma nuque et le coup de tondeuse m'entama les cheveux. J'eus un recul de protestation ; elle dit : « Reste calme. » Une manière de me rappeler qu'on doit obéissance aux grandes personnes, qu'on doit tout subir d'elles sans broncher, car elles savent ce qu'elles font.

Elle m'assaillit, me dépluma, me tondit et je ne pus rien dire, ne sus rien faire. Je devais avoir le regard d'angoisse de ces bébés qui ne comprennent pas quand les parents les larguent à la crèche. Mon corps se glaçait. J'ai senti mes cheveux tomber. Sur le sol, je les voyais se tordre de douleur. Jamais on ne me les avait coupés à ce point. Jamais je n'avais eu cette sensation de courant d'air, de froid subit sur la tête. Elle disait :

« T'es bien, c'est hygiénique... hein mon p'tit gars ? C'est radical, t'auras plus de poux. »

Elle avait fait cela avec dextérité, comme une ménagère contente d'avoir passé la serpillière.

Souvent, à la maison, ils parlaient des femmes tondues à la Libération. J'étais dans la peau de ces pauvresses de l'Épuration, rasées, humiliées et couronnées de crachats. Quand mes camarades de classe me taxèrent de « bagnard », paradoxalement, mon moral revint. Bagnard me convenait mieux. Un bagnard devait être un dur, capable de leur faire payer.

Collabo.

Combien de fois je l'ai entendu, ce mot, constamment à la bouche de ceux qui faisaient la chasse, la purge « franco-française », et que mon père, dit « Tonton », nommait « les résistants de la dernière heure ». En ville, quand il en avait un coup dans le nez, il nous les montrait du doigt :

« Tiens, celui-là ! Et celui-là ! »

Il éructait ses mauvaises pensées à leur encontre :

« Untel, il en a croqué avec les Boches, et ensuite il pavoisait dans les rangs de la Résistance. Ils lui ont filé la médaille. Ils ont fusillé les traîtres en 44, alors qu'ils auraient dû être eux-mêmes fusillés. N'oublie jamais, mon gars, quand on veut noyer son chien, on l'accuse d'avoir la rage. »

À Elbeuf, il y avait (il y a probablement toujours) un bistrot baptisé « Au chien qui fume », situé au centre-ville, dans la rue des Martyrs.

Les flics voulurent embarquer mon vieux qui y éclusait du gros rouge avec ses copains tandis que je sirotais de la grenadine près du baby-foot en bois. Je me rapprochais « pour défendre papa » et la bousculade battait son plein lorsqu'il cria au visage du flic Lebœuf :

« Ne me touche pas, collabo ! »

Celui-ci fit marche arrière et menaça de revenir avec du renfort pour embarquer tout le monde. Mais il ne revint pas, Tonton avait visé juste. Ses copains s'étaient solidarisés, et les anecdoctes sur la guerre reprirent de plus belle.

Dans la classe, tous les regards me mitraillaient d'un air entendu. Ce précriminel, ce n'était point le diable, mais un gosse de sept ans, le regard et l'esprit perdus. Mon crâne rasé effrayait ce tas d'écoliers domptés par le dressage de l'instit. Et moi, ombre fragile, taillé au sécateur et rebaptisé « Knop le ras-du-poil », écorché, je dus me faire à cette existence, la sueur au front. Funèbre onction de la sainte hygiène...

Je ressuscite mon ego comme s'il s'agissait d'un personnage lointain. Peut-il disparaître ? Du conscient à l'inconscient, je libère tout un plan d'écriture, sans me demander s'il est issu de ma vanité nombriliste. J'écris le meilleur et le pire sans postulat littéraire. Partir de rien et demeurer ce rien.

À midi, la rue Guynemer grouillait de monde. L'agent qui réglait la circulation me toisa, fixa mon crâne rasé. D'autres me regardaient. Le parcours vers la maison fut plus long que d'habitude. La rue, les gens, le monde s'abattaient sur moi. Je songeai à m'enfuir, à aller me cacher.

Un instant, je stoppai devant la cour des pompiers. Les gros camions rouges me fascinaient. Le planton m'observa avec insistance comme pour dire : « Allez, dégage, tu troubles ma tranquillité. » Pour lui qui me voyait régulièrement passer et repasser, j'étais le fils du ramoneur de cheminées, « le gars du ramoneu ». J'ai pris la rue derrière l'église Saint-Jean, car là il y avait moins de monde. J'aperçus le baraquement où nous vivions et immédiatement je me demandai : « Qu'est-ce qu'on va bouffer à midi ? » C'était pas toujours bon.

Gaby, ma mère, en m'apercevant, eut un haut-le-corps :

« Qu'est-ce qu'on t'a fait, mon ti-gars ? » qu'elle dit.

Comme si je me doutais pas qu'elle avait été de mèche avec l'infirmière.

Mon frère Jean se mit à rire :

« Wouah ! l'autre, la gueule !

— Rigole ! C'est ce qui va t'arriver aussi.

— Ouais, moi, si on me fait ça, j'vais plus à l'école. J'préfère la maison de correction. »

On a été élevés avec la maison de correction comme épée de Damoclès. On était des enfants « trop durs ».

Quand il m'aperçut, Tonton eut les boules :

« Tourne-toi, fais voir ? »

Il découvrit son fils rasé. Ça lui fit mal, probablement, même si la veille il avait donné son accord. Dans la chambre, lui et ma mère se disputèrent le soir. C'était pas ce qu'il avait dit, elle n'avait pas compris.

« Mais si, tu m'as dit de le faire raser. Bah, mon pauv'vieux, t'étais encore saoul.

— Comment, ça fait huit jours que j'ai pas bu un verre, allez, pousse-toi, tu prends toute la place. »

Elle finit par aller dormir avec mes sœurs, et le vieux eut droit au lit pour lui tout seul. C'était un soir de dispute calme.

La tante Nini venait régulièrement se faire consoler par Gaby. Elle trimait à l'hospice où elle décrottait les petits vieux. Grosse, un visage d'homme, ingrat, et une odeur de sueur. Mon frère m'interpella :

« Tiens, regarde Nini, elle est en train de montrer ses poteaux. »

Elle avait des jambes comme des rondins de bois. Elle exhibait le haut de ses cuisses à Gaby :

« Regarde ce qu'il m'a fait, le fumier de Ti-Jean, la vache... Maintenant, il me tape avec un manche de pioche. Les jambes, parce que ça se voit pas... Quand j'ai un œil au beurre noir, ils veulent plus de moi à l'hôpital ; plus de boulot, plus de sous, plus de vin. Il n'est pas fol, la guêpe. J'en peux plus, ma Gaby, j'ose pas rentrer, il va encore me démolir. »

Gaby, elle, écoute froidement, disant juste que « les bonshommes, c'est tous les mêmes ». Mais elle lui propose de manger avec nous. La tante Nini se met à éplucher les pommes de terre. C'est vrai qu'elle a un méchant bleu sur le haut de la fesse. L'oncle Ti-Jean est gentil avec les mômes, il nous donne souvent un franc pour acheter des Carambar. Mais avec les femmes, enfin, avec sa dulcinée, comme il dit, c'est autre chose.

Derrière le baraquement, il y a Mme Lefrançois. Elle met son électrophone en marche et ouvre sa fenêtre, pour que nous puissions écouter. On entend Édith Piaf : « *Son homme est un artiste.* » Elle semble triste, Mme Lefrançois. On l'aime bien. On finira par ne plus rien ignorer d'elle. On est polis. On dit : « Bonjour. » En réponse, elle sourit et vient s'accouder à la fenêtre d'où elle parle avec nous :

« Bah dis donc, qu'est-ce qu'il tenait, Tonton, hier ! On l'a encore entendu crier après ta mère. Il faut être sage avec Gaby. Elle a du travail, neuf enfants, c'est dur à élever.

— Vous avez des courses à faire ? On veut bien y aller. »

On lui fait ses courses et en compensation elle nous laisse l'argent des bouteilles consignées.

Les Lefrançois possèdent la télévision et nous, à travers la fine paroi qui sépare les deux logements préfabriqués, on écoute le son d' « Âge tendre et tête de bois ». Tonton râle :

« Ceux-là, ils nous empêchent d'être chez nous. »

À midi, du ragoût. On a souvent du ragoût. C'est nourrissant. Avec ça, nous serons forts. Leitmotiv des prolétaires.

La tante Nini parle de sa fille qui va peut-être avoir une chance de se faire embaucher aux établissements Blins. Elle n'a que quatorze ans mais elle commence à courir le mâle. À onze ans, Nini dit qu'elle travaillait déjà. Sa fille n'a pas à se plaindre :

« On ne gagne pas bien, mais y a pire, et c'est pas trop dur, au moins elle pourra se payer elle-même ses trucs zazou. Ah, les enfants d'aujourd'hui ! »

Il y a quinze jours, elle est venue raconter qu'un voisin avait surpris sa fille dans le couloir de l'immeuble en train de s'bécoter avec un gars. Le Ti-Jean l'a corrigée à coups de ceinture avec des : « Gare à toi, ma fille, si tu recommences ! »

Elle dit qu'elle va la faire examiner par un toubib. « Manquerait plus que ça, mais sait-on jamais ? » Chez eux, c'est comme chez nous, on dit aux gosses : « J'vais t'placer. » La menace de la maison de correction est une puanteur qui leur sort de la bouche à la première occasion. Nous sommes là, nous vivons, c'est de trop. Saoul, Tonton disait à Gaby :

« Chaque fois que je tire un coup avec toi, tu m'fais un môme. »

Le lendemain, il jurait qu'il n'avait pas dit ça.

Combien de fois j'ai désiré être l'enfant d'une autre famille ! De celles que je croisais dans la rue et qui me faisaient illusion... Ceux qui à l'école avaient la chance de voir leurs parents venir les chercher en auto. Je salivais devant les chromes et le mystère du monstre mécanique que j'espérais posséder et piloter un jour.

Nos vieux à nous disaient :

« Vous avez la chance d'avoir des parents. Y en a qui n'ont pas de parents, ils vivent à l'orphelinat. »

Des paroles qui collent à la peau toute une vie, comme la saleté du logement et les habits usés qu'on hérite des p'tites sœurs des pauvres. Récemment encore, on m'a fait remarquer que je ne savais pas m'habiller, accorder les couleurs, choisir ce qui va ensemble. Même mon cache-nez, je ne prends pas le temps de le nouer « correctement » autour de mon cou. Je le porte n'importe comment. Je le porte en pauvre. Cela me reste de l'enfance. Des pulls étriqués, des pantalons trop courts, des vestes boudinées. Je n'ai jamais su vivre dans les vêtements et y être à l'aise. Quand j'achète des vêtements, je me fais toujours avoir par les vendeurs qui me disent : « Ça vous va très bien. » Ensuite, d'autres s'étonnent de mon côté « plouc endimanché ».

« Allez mange. Toi t'as de la chance ; t'as pas connu la guerre ; t'as des parents qui s'crèvent pour toi. » Quarante années après, cette phrase revient et réveille la honte, la culpabilité d'avoir été l'enfant qu'on nourrit. J'entendais le reproche et mon estomac se nouait. Je becquetais quand même ; misérable, égoïste !

Parfois, je me disais que je n'avais pas de visage, inutile de me regarder dans une glace, je serais toujours de trop. J'étais pourri, je croupissais. L'effort, le sacrifice des parents était injuste, lourd. Trop tard : j'avais mangé, je n'aurais pas dû...

Le père, Tonton, le vieux, l'ramoneu, rentrait le soir avec sa camionnette, son tacot, son tas de ferraille qui fume et couine de partout.

Les échelles sur la galerie, avec un chiffon rouge au bout. Les outils, les hérissons de ramonage, ses mains pleines de suie et la tête en « gueule noire ». Mal rasé, le col de chemise crasseux. Prolétaire typique, corvéable, l'ouvrier endurci, viril. D'abord, c'est Gaby qui nous file le bourdon en nous communiquant ses transes, ses angoisses :

« Comment va-t-il rentrer ce soir ? »

Il y a des soirs où il a le picrate mauvais ; ça gueule, ça cogne, ça déménage le buffet, on s'tire et on va dormir dans une salle de la mairie, sur le plancher. La mère Gaby crapahute et s'arrache avec sa marmaille dans les jambes pendant qu'il cuve sa vinasse. L'œil fou, l'œil tellement mauvais que ce n'est plus lui. Ce n'est plus le père mais un étranger, un ennemi. On n'ose pas s'approcher de lui.

Le lendemain, Gaby nous ramène au logis, pas lavés, décoiffés, le ventre creux. Tonton est debout en train de rafistoler tout ce qu'il a cassé la veille. Il ne dit rien. Gaby non plus, les enfants aussi se taisent. Gaby nous fait du café au lait avec des tartines découpées dans un gros pain de quatre livres. On beurre nous-mêmes nos tartines avec de la margarine. Tonton se rase avec son « coupe-chou », un rasoir à une seule lame qu'il affûte sur une lanière de cuir. La petite glace carrée accrochée sur la poignée de la fenêtre, il se savonne au blaireau et se taille la barbe à coups secs et précis tout en observant la rue à travers la vitre. Quand il se coupe, il s'essuie avec la serviette et se colle une feuille de papier à cigarettes sur la coupure.

Gaby viendra lui apporter une chemise propre qu'il enfilera sans broncher. Juste avant de partir il sortira son portefeuille et lui donnera de l'argent. Gaby dira : « J'ai pas assez. » Ou bien : « Il y a le boucher qui m'a relancée pour le crédit. » Lui rétorquera qu'il ne peut pas plus, mais qu'il a une cheminée à faire cet après-midi, plus une autre en vue, et que demain... Demain, ça devrait aller. C'est toujours demain, la semaine prochaine, à la fin du mois, que les choses doivent s'arranger.

Énième refrain. On ne dit rien, on observe et, rassurés, on l'entoure quand il va mettre sa camionnette en marche.

Il tourne la manivelle et nous nous battons entre nous pour avoir le privilège d'appuyer sur l'accélérateur dès qu'elle va toussoter. On demande toujours si on peut aller avec lui. C'est :

« Bon, allez, montez ! »

Je suis né sous-pauvre, mais j'ai dû éprouver un immense plaisir de vivre. Cette sous-condition humaine a nourri en moi une santé, une force physique qui m'aideront à supporter, à combattre comme peu seront capables de le faire. Mon destin fut d'être un révolté, toujours un révolté.

Tonton nous emmène dans sa tournée des bistrots, ses annexes, son fief : « Tonton par-ci, Tonton par-là. » Il nous présente : « Mes gars. » Mon frère Jean et moi, lorsque nous ne sommes pas assignés à l'attendre dans la camionnette, avons droit à une grenadine ou un diabolo-menthe.

Dans « l'bouge », Tonton attaque d'entrée au « galopin ». Le préposé de la gargote lui sert un 51 sur le comptoir en zinc. Il est familier avec tous et dit :

« Tiens, tu prends un godet ?

— C'est ma tournée...

— Non, c'est la mienne...

— Vite fait !...

— J'ai ma bergère qui m'attend... »

À la manière dont il tire sèchement sur le levier de vitesse en conduisant au ras des trottoirs, nous savons « qu'il commence à être bien ». Gaby va tirer une de ces goules ! Cela lui arrive de rentrer le midi. Gaby appréhende. S'il est bien « huilé », elle se met au diapason.

Il dit bonjour à la tante Nini et lui lance :

« T'es encore en bisbille avec Ti-Jean ? »

Elle se contente de hausser les épaules. Tonton raconte sa matinée.

« Tu parles d'une vacherie de cheminée chez l'notaire, j'ai failli m'casser la gueule. Ces rupins, ils sont pingres. Il m'a payé sur le trottoir. Du coup, j'ai grimpé la facture. En plus, j'lui ai cassé deux tuiles, l'con, il a vu que du feu ! L'année prochaine, faut pas qu'il s'adresse à moi. Heureusement que j'avais mes échelles. Il ne me lâchait pas des yeux, pas moyen d'souffler d'ssus (une expression pour dire qu'il expédie le travail en dix minutes). Une chuine en bout de toit, obligé d'escalader, avec l'autre sur mes pattes, j'y ai passé deux plombes, ah la vache ! »

La grosse Nini se penche vers Gaby et lui susurre :

« Deux heures au bistrot, oui... Bah tiens ! pour qui y nous prend, hein, ma poule ? »

Ma mère, elle, s'allume une gauloise bleue, les coudes sur la table, devant son p'tit noir, elle cligne de l'œil sous l'effet de la fumée et soupire :

« Faut bien penser à soi aussi. »

Nous, on repart pour l'école. Ce sont des jours où il n'y a pas assez de ronds à la baraque pour qu'on nous paye la cantine. Elle reste avec la tante Nini. Tonton, lui, prétexte un boulot, une fois faux, une fois vrai. Souvent il se balade à droite et à gauche, il emmène le chien, Bouboule. Nous avons fini par connaître ses habitudes. Le soir en rentrant de l'école, on traîne et on passe aux endroits où l'on a des chances d'apercevoir la camionnette garée en ville. Au passage, on joue avec Bouboule et on rentre à la maison.

Gaby s'en doute. Elle sait qu'on sait. On sait quoi ? Où il picole... Où il passe ses moments avec ses « traînées à lui ». C'est vrai qu'il est chaud lapin. Les femmes elles disent :

« Monsieur K., après la cheminée, vous me ramonerez mon poêle ?

— Pourquoi, il ne vous contente pas, votre mari ?

— Ah, c'est pas ce que j'ai voulu dire, je faisais allusion à ma cuisinière.

— Dommage, parce que ça aussi, j'le fais très bien.

— Oh ! Monsieur K. »

Elle rigole, mi-figue, mi-raisin, et lui, d'un coup d'œil, il jauge. Si c'est bon, il oubliera un outil dans la cave et reviendra au moment opportun pour le récupérer.

Ensuite, ni vu ni connu. Juste des sourires échangés en ville avec telle ou telle dame, et surtout, il ne faut pas le raconter à Gaby.

« Promis ?

— C'est promis ! »

Lorsque nous l'accompagnons dans son travail sur une chuine, Tonton s'emploie à grimper sur le toit. Soit il passe par la lucarne, soit il déploie ses échelles. En ville, il y a des immeubles anciens de quatre étages. En bas, la rue, les passants, les autos. D'un coup d'œil il examine, évalue la charpente, les poutres, la toiture, et sait s'il peut ou ne peut pas s'appuyer. Certaines cheminées sont prêtes à s'effondrer, il redouble de précautions. C'est un as équilibriste, un artiste qui travaille sans marge d'erreur. On a les chocottes lorsqu'il fait un rétablissement et se hisse debout sur la cheminée, les pieds à peine posés sur l'arête d'un toit, d'une cheminée à l'autre. D'en bas, il est tout petit. Nous allons vérifier si c'est le bon conduit, si on entend le hérisson qui descend doucement et s'il n'y a pas de fuite de suie. On ressort, on lui fait signe, et alors commence le vrai travail de ramonage. Le poids du plomb entraîne le hérisson vers le bas. Tonton tire sur la corde, le remonte à bout de bras, une trentaine de fois. Après, à nous de jouer. Le plus gros, le plus dangereux est derrière. Couloirs, escaliers, caves, habitations, l'intérieur des maisons n'a plus de secrets pour nous. On détuyaute, on ouvre les trappes de vidange. La suie vole partout. On en prend plein le visage. Tonton discute pendant que ses « lascars » nettoient. Il établit « le certificat de ramonage » avec une belle écriture bouclée et une ribambelle de fautes d'orthographe. Il signe et fixe le prix.

Jamais le même. On voit de tout, des

personnes âgées, des pauvres, des moins pauvres, des riches, des enfants. Des endroits qui respirent l'aisance, d'autres la misère et la solitude. Il ajuste ses prix, sachant qui peut payer et combien. Il conserve ainsi sa clientèle chez les petits, les moyens et les gros. Quand c'est un riche, il dit :

« J'ai pas facturé le nettoyage, vous n'avez qu'à donner la pièce à mes gars, ça leur paiera le cinéma du jeudi. »

L'autre opine et nous avons droit chacun à une pièce de un franc. Nous sommes rudement contents ! Lorsqu'il est sur le toit et qu'habite dans le même immeuble l'une de ses connaissances, il en profite pour passer un coup de hérisson et dit : « Vous m'payerez quand vous pourrez. »

Nous, on va voir des voisins, s'ils sont sympathiques, on marchande. Ils nous donnent la pièce et Tonton mettra un coup de hérisson au passage. Il accepte et dit :

« C'est bien, mes crânes de piaf, vous réussirez plus tard. »

L'été, nous ne vivons que du ramonage de cheminées. Gaby dit :

« On vivote bien. »

On revient des tournées de ramonage, les poches déformées par les pourboires, quelques rares pièces de un franc toutes chromées avec la Semeuse en effigie et des pièces de cinquante centimes jaunes en cuivre, très grosses. Tonton et Gaby nous obligent à compter, à en mettre dans la tirelire et à partager avec les sœurs. Les filles râlent :

« C'est pas juste, nous on n'a jamais rien. »

Moi et le frangin, malins, on met « à gauche », on planque dans la camionnette. Cela fait moins à partager, et c'est tout pour notre pomme. Normal : « C'est qui qui bosse, hein ? »

Nous sommes ensemble, à nous griffer, les uns sur les autres, dans l'enclos du baraquement. Nous sommes liés tels les manches d'une tenaille. « La mère Lefrançois » sera notre trésor secret. Elle incendiera notre adolescence du désir féminin. On l'aimait. Elle ne le sut jamais. Avec elle, nous étions guimauve, nous multipliions les prétextes pour aller regarder la télé chez elle. Les jeunes gens s'attendrissent avec les filles à l'aube, se souviennent de leur première flamme tremblante, de la découverte de ces « choses » dont ils disent avec pudeur les craintifs et tardifs aveux. Nous, nous savions cela par effraction et voyeurisme initiatique. Bien qu'il eût au moins plus de dix ans qu'elle, le père Lefrançois, le mari, était alerte et « suspendu au cul de sa bonne femme ».

Nous avions le zizi qui se dressait lorsqu'ils s'accouplaient. Les soupirs, les petits cris étouffés, les spasmes de Mme Lefrançois, ses gémissements, le lit qui grince, allez savoir pourquoi ce souvenir ne passe pas ?

Le père Lefrançois possédait une Renault Frégate qu'il payait à crédit et qu'il utilisait les dimanches matin, et très rarement en d'autres circonstances. Il l'exposait en dorure sur le picaresque. Un acquit, un compte en banque à la porte de sa misère. Elle était garée sous ses volets, serrée contre le mur, on n'aurait pas pu glisser une feuille à cigarettes entre les deux. Dès qu'on s'approchait pour regarder les manettes, les grands sièges en simili rouge, il surgissait tel un diable de sa boîte, éructant sur son miniperron :

« Allez-vous-en, ne restez pas là ou j'le dis à votre père. »

En dehors de ça, un type jovial, d'une humeur régulière. Il portait un pantalon de chauffe noir avec une veste en cuir d'ex-aviateur de l'armée et une éternelle casquette de marin. Mais qu'est-ce qu'il puait ! Il travaillait comme chauffeur poids lourd pour une fabrique de viande. Tous les matins à 6 heures, on entendait les coups de manivelle à la volée pour démarrer le Citroën P.45 à essence. Le même moteur six cylindres qui équipait les fameuses tractions avant 15/six. Dans son camion, il y avait des tonneaux en fer d'où émanaient des odeurs de viande froide. Certains tonneaux restaient emplis d'os. Le camion emboucanait. Tonton intervenait souvent pour qu'il aille le garer ailleurs, du coup l'autre voisin protestait. Il trouva la solution en garant son camion au bout du baraquement. Mais on l'entendait démarrer le matin. Parfois, il réveillait Tonton afin qu'il vienne « lui filer un coup de câble ». Ce qu'il faisait en râlant. Alors, dès 6 heures du matin, le baraquement se transformait en chantier de dépannage.

La mère Lefrançois s'était fait cloquer un môme par un Ricain lors du débarquement en Normandie. « Son Jean-Claude. » Une grande sauterelle avec des cheveux roux et des taches de rousseur sur le visage. Elle était fille-mère, à la rue, avec la réputation adéquate, quand le destin lui fit rencontrer le père Lefrançois. Il l'aima, la recueillit. Mais il appréciait moins « le Jean-Claude », et les rares fois où il était de mauvais poil, à travers la cloison, on suivait leurs scènes de ménage. Il hurlait après elle et « son bâtard ». Le lendemain, ils venaient tout raconter à la maison. Chacun à leur tour, chacun leur version. Pour lui, sa femme était ingrate et dépensière, alors qu'elle n'avait rien à foutre, que lui trimait « pour toutes les bouches » et qu'en plus il lui avait payé le coiffeur et qu'il n'avait rien de propre à se mettre.

« Je ne suis plus le maître dans la baraque ! »

Mme Lefrançois conciliait toutes les

tâches. Les bébés sur lesquels il faut avoir l'œil en permanence de peur qu'ils avalent n'importe quoi. Les langes qu'il faut faire plusieurs fois par jour, avec les épingles à nourrice qui écorchent les doigts.

« Plus ils grandissent, et plus c'est du travail. Lui, il bosse, il lit son journal, il se met les pieds sous la table, il va à la pêche et il va jouer au 421 au « P'tit Tonneau »... Hein... et chaque fois qu'y m'grimpe, après, c'est moi qui mets au monde, tout ça, y sait pas ! »

Elle en était à son quatrième et il lui en avait mis un cinquième en route. Ça la fatiguait. Des fois, elle détestait ses gosses.

« Hier après-midi, j'ai fait bouillir une lessiveuse de linge pour décrasser les langes. Tu frottes, tu frottes, et le caca ça laisse des traces jaunes. Si les p'tits ils tombent malades, j'aurai l'air de quoi, avec des langes qui ne sont pas frais ? »

Elle avait remis au lendemain son linge à lui, c'est pour cela qu'il en avait « poussé une ».

« Il est vieux et empeste la viande. »

Elle voudrait bien partir, mais « avec quatre enfants et un cinquième en route, quoi faire ? ». Elle pleurait en disant à notre mère : « Hein, ma Gaby ? » Et ajoutait : « T'es encore plus mal tombée que moi. L'tien, j'en voudrais pas pour tout l'or du monde. » Elles se faisaient réchauffer du café sur la cuisinière à charbon et se réconfortaient mutuellement après avoir égrené leurs malheurs.

Nous avons eu la télé dans les années 60, et jusqu'à ce que cette invention magique nous coagule contre le tube, nous nous contentions d'entendre celle des Lefrançois. Dès qu'elle s'éteignait, mon frère Jean et moi on décoffrait un des panneaux mobiles qui nous servaient de plafond et on escaladait, on rampait en silence pour aller stationner au-dessus des Lefrançois. Le grenier était mitoyen. C'était un faux grenier qui couvrait les deux misérables appartements, comme une sorte de faux plafond.

À travers les mauvaises jointures des panneaux de bois, on visionnait la vie privée des Lefrançois. Au début, nos expéditions n'avaient pour but que d'aller regarder clandestinement leur télé par-dessus leur tête sans qu'ils nous voient. Bien inconfortablement. Le toit était en tôle et sifflait avec le vent, ce qui couvrait notre bruit et il ne venait pas à l'idée des Lefrançois de lever la tête... Sauf quelques fois. Mais ils ne décelèrent jamais notre présence.

Nous savions bloquer la respiration et nous éloigner progressivement de notre poste d'observation. Tout le baraquement était en bois et offrait par les trous et les mauvaises jointures des panneaux de multiples angles permettant de voir sans être pris. C'est ainsi que nous avons vu les choses interdites, que nous y avons pris goût et « n'en manquions » pas une. Presque tous les soirs : gros plan sur l'interdit. Dès que leur télé s'éteignait, c'était le signal. Mon frère Jean et moi étions complices. L'un prévenait l'autre. Notre signe de ralliement : « Viens, on grimpe ! » Jamais nos parents ne nous soupçonnèrent.

Le père Lefrançois s'impatientait dans son lit en réclamant Mme Lefrançois : « Tu viens t'coucher, ma poule ? » Il avait une voix cassée, pleureuse. D'habitude, il disait : « Alors, la mère Lefrançois » ou « tu viens, maman ? » ou « ça va, ma bonne femme ? ». Et là, il lui disait d'une voix feutrée : « Ginette, allez viens, ma fille, viens ma fille, j'ai l'gourdin », et dès qu'elle pénétrait dans le lit, il s'en saisissait en soupirant avec une voix serrée, une voix de souris, comme l'ouvrier qui fait un effort et émet un sifflement rauque, étouffé au lieu de dire « ho hisse ! ». C'est sur ce ton qu'il disait : « C'est l'meilleur moment d'la journée. »

Mme Lefrançois avait la peau blanche, des longs cheveux bruns, une grosse poitrine, des jambes bien galbées, du rouge à lèvres et du vernis aux ongles. Nous l'avons côtoyée pendant près de quinze années, de vingt-cinq à quarante ans et l'avons vue quatre fois avec le ventre rond. Elle s'habillait en personne de la ville.

Le soir, elle défaisait ses bas et son porte-jarretelles. Son soutien-gorge enlevé laissait apparaître de magnifiques « roberts », avec le mamelon très développé. On se disait : « J'aimerais bien lui toucher et lui sucer les tétons. »

Hélas, nous ne pûmes jamais y parvenir. Elle enfilait une robe de nuit bleu clair, transparente. Avant d'aller rejoindre le père Lefrançois, elle prenait une cuvette avec de l'eau, un savon et une serviette, et s'enfermait dans les W.-C. Elle écartait les jambes et se passait le gant sur la chatte, puis rinçait le tout et raccrochait le gant à l'unique lavabo du baraquement. Le lendemain, le père Lefrançois et la grande sauterelle se lavaient le visage avec le même gant.

C'était la même chose chez nous. Gaby nous disputait parce qu'on ne voulait pas se laver avec le gant, elle n'avait pas l'air de comprendre. Rien n'y fit, nous restâmes hostiles au gant pendant des années. D'autant qu'après l'accouplement Mme Lefrançois refaisait la même toilette. Parfois, il se passait la même chose chez nous. On entendait le lit de Tonton et Gaby. Elle disait : « Tu vas réveiller les gosses. » Et Jean me disait : « Demain, le gant de toilette va sentir la cramouille. » Un préjugé qui nous venait de l'école, où il nous fut dit que la chatte d'une femme était sale et que la seule chose qu'elles avaient de bien, les femmes, c'étaient les nichons.

Dans la chambre à coucher des Lefrançois,

les murs étaient tapissés de papier à fleurs roses. Sur la commode, il y avait un grand portrait du père Lefrançois quand il était jeune, en uniforme de marin, pull à rayures et béret avec pompon rouge. En décoration trônaient deux ancres de marine en fonte, comme celles des péniches.

Mme Lefrançois était forte sans être grosse. Le père Lefrançois commençait par lui sucer le bout des tétons. Elle disait : « Arrête, tu m'excites trop. » Le père Lefrançois était nanti d'un gros braquemart (à côté du nôtre !). Il serrait les lèvres comme une fouine, il était drôle. Il faisait peur, le père Lefrançois. Tout à sa besogne. Pour nous, il devait lui faire du mal. Il relevait la robe de nuit. Mme Lefrançois écartait les jambes et donnait un coup de reins pour trouver la bonne position. À ce moment, on voyait qu'elle avait la chatte pleine de poils noirs.

Elle regardait le plafond en faisant une grimace, et poussait un petit cri au moment où il remuait en elle. Ensuite, elle souriait et se serrait très fort contre lui. Nous, on croyait qu'elle avait mal ; ses mains tremblaient, sa tête bougeait et le père Lefrançois remuait de plus en plus vite. Quand c'était fini, ils disaient qu'il ne fallait pas faire de bruit. La grande sauterelle dormait juste à côté. Nous l'avons surpris plusieurs fois en train d'écouter. Résigné, il se recouchait sans rien dire, ou se levait pour aller tirer la chasse d'eau des

W.-C. Apparemment, ça les gênait, car ils arrêtaient de bouger. « Ah ! ton bâtard ! quand est-ce qu'on s'en débarrasse ? » Mme Lefrançois prenait son air triste et s'endormait en se mettant en boule sur le côté. Le père Lefrançois allumait une gitane maïs, regardait en l'air, tirait la couverture, éteignait sa clope et s'endormait. D'autres fois, ils semblaient faire de la gymnastique ensemble. Jean était plus au courant que moi, il m'expliquait. Nous trouvions cela dégoûtant.

« Qu'est-ce qu'ils font là ?

— Il lui lèche la cramouille, alors elle lui suce la queue.

— Beurk, c'est pas bien !

— Ouais, c'est sale ! »

La chambre de la grande sauterelle était peinte en vert, elle aussi. Il y avait un petit lit au pied duquel traînaient des B.D. : *Bibi Fricotin, Les Pieds nickelés*. Au mur, beaucoup de cartes postales. Un avion miniature, et son éternel duffle-coat suspendu derrière la porte. La grande sauterelle était un fan de « La famille Duraton » et de « L'Homme à la voiture rouge », des feuilletons radiophoniques dont il nous contait les multiples épisodes. Quand on jouait aux billes, il s'approchait de nous pour nous surprendre et, d'une voix qu'il voulait forte, il nous criait dans l'oreille : « Signé FU-RAX ! » Il rigolait, fier de lui. Il aimait aussi se moquer des passants en allant au-devant d'eux pour s'exclamer :

« Vingt dieux, la Marie ! » Épatés, nous l'écoutions nous raconter tous les films qu'il voyait chaque jeudi. On l'enviait de pouvoir aller si souvent au cinéma. De sa bouche, on apprenait l'histoire de Samson et « Dalida », *Le Mouron rouge, Les Dix Commandements, Le train sifflera trois fois...*

Films de Bourvil, de Fernandel, de Jean Gabin et d'Eddie Constantine, son préféré. Nous allions parfois aux séances de ciné. Ma grande sœur, Thérèse, était chargée de nous emmener. Affiches dans le hall, sièges en bois, guichetier avec les billets qui ressemblent à des bons points de l'école. Les ouvreuses avaient des tabliers blancs et une corbeille rectangulaire où elles chargeaient leurs Esquimau, leurs noisettes grillées et autres sucreries. Nous avions même droit à l'Esquimau de temps en temps. Cela voulait dire qu'il y avait des sous à la maison.

Gaby sera enceinte en même temps que la mère Lefrançois. Chez nous, il y aura Édouard, Thérèse, Jean, Roger, Élise, Ghislaine, Jacques, Daniel, Francine. Chez les Lefrançois, Jean-Claude, Josette, Josiane, Christiane et Guy. Le Jean-Claude disait qu'il aimerait bien voir une femme nue enceinte. Il l'imaginait, nous faisait croire qu'il savait et ne savait pas que nous, nous savions. Même quand elle avait son ventre rond, le père Lefrançois soulevait Mme Lefrançois par les jambes et, sur le bord du lit, faisait la même chose qu'en temps ordinaire.

De même que Mme Lefrançois avait eu son Jean-Claude d'un autre père, Gaby, avant de rencontrer Tonton, avait eu deux enfants d'un autre, et c'est Tonton qui les élevait comme les siens. Ils nous disaient « demi-frère et demi-sœur », mais nous ne faisions pas la subtile différence. Thérèse et Édouard étaient nés pendant la guerre « avec le premier jules à ta mère », dixit Tonton. Nous, Jean et moi, avions débarqué dans ce monde en 1946 et 1947. Je dis « Jean et moi », parce que nous avons tout partagé jusqu'à sa disparition. À vingt-quatre ans, pour des vols de transistors, il sera froidement abattu par un commerçant. J'en resterai orphelin, veuf, inconsolable toute ma vie, et il m'arrive encore d'en rêver la nuit. Lorsque j'étais incarcéré chez les mineurs, il n'avait manqué ni un parloir ni un mandat, et se tapait trois fois par semaine cinquante bornes en Vespa (sans assurance) pour me rendre visite en taule. Il débranchait son échappement et tournait devant la prison pour que je puisse l'entendre de ma cellule. Une seule fois le parloir me fera défaut.

J'imaginerai une panne ou une course-poursuite avec la maréchaussée. Ce sera la course-poursuite. Il me disait :

« Tiens bon, p'tit frère, tant que je serai là, il ne t'arrivera jamais rien. Il n'y aurait que la mort pour nous séparer. »

Il y eut la mort.

Autant j'avais pu voir Tonton en père très vache pendant ma jeunesse, dès que je fus adolescent et taulard, il n'abandonna jamais son gars : « Solidarité jusqu'à la mort contre ces porte-clefs, ces canailles de matons », qu'il disait. Pour lui aussi, ce fut la mort. Presque en même temps que Jean... et moi, j'étais toujours en taule.

Thérèse, on la surnommait « Chounette, ou la Choune ». Elle aimait Tonton et son vrai père, et courait de l'un à l'autre. Cela posait problème. De plus, elle fuguait régulièrement et dormait dans les caves. Elle me planquait tout ce que je volais. Avant cela, je ne sais plus très bien, c'est flou en moi. Je devais être très petit. Il y avait une ferme à la campagne, une grande maison avec une mare, un poulailler et un bac à eau en fer rouillé dans lequel les vaches venaient se désaltérer. C'était chez la grand-mère du côté de Gaby, une femme qui se déplaçait lentement, avec un châle qui recouvrait ses cheveux blancs. Elle parlait d'une voix fluette, était stricte sur sa maison. Il ne fallait ni toucher ni bouger le moindre de ses objets. Je dormais dans une chambre avec un parquet composé de lattes de bois, dans un lit à l'ancienne, ceinturé de barres en cuivre jaune, avec un gros édredon rouge. On s'éclairait à la lampe à pétrole et les ombres que cela faisait m'inquiétaient un peu. Dans la journée, la Choune me hissait sur le porte-bagages de son vélo blanc, pédalait durement et m'emmenait visiter la campagne. Après ce séjour, il paraît que je pleurais en disant : « J'veux Chounette, j'veux Chounette... » Puis cela m'est passé.

On m'a demandé si j'aimais mon père et ma mère. Qui ? Les « fisiacres ». Je me souviens que j'ai eu des difficultés à prononcer ce mot : psychiatre. Demandez à un pauvre embrumé de Préfontaines de prononcer ce mot. Il dit « fisiacre », fièrement, comme quelqu'un qui sait une chose savante.

Oui, j'aime mes parents. Ces gens qui sont incapables de nommer leur propre existence, leur misère, leurs chaînes, et survivent sans être conscients de l'oppression de classe ; qui sont d'instinct coléreux, mais pas méchants. Une bonne parole, un cadeau, et ils ouvrent leur cœur sans calcul. Combien de fois j'ai vu ma mère faire réchauffer les restes d'une marmite pour la porter au clodo qui campait en face de chez nous, sous les piliers de l'église Saint-Jean. Alors que d'autres téléphonent aux flics pour qu'on leur lessive le paysage.

Quand j'ai commencé à comprendre les mécanismes, le fonctionnement de cette société d'exclusion, d'inégalités, j'ai eu un regain d'affection pour mes parents. Ces

« fisiacres », ces décortiqueurs de sentiments, experts en voyeurisme mental, sont à la science ce qu'était la religion inquisitoriale. Surtout lorsqu'ils sont envoyés par la justice. Leur périmètre intellectuel vous situe et vous encercle dans des normes qui sont déjà les hauts murs d'une prison. Ce n'est pas à l'université qu'on apprend la critique sociale.

L'abbé n'aimait pas voir tout ce que Tonton entassait le long du baraquement. Échelles, tuyaux de poêle, vieille cuisinière, moteur, carcasse de voiture éventrée. Notre abbé s'arrêtait et contemplait cette décharge. C'était sa réprobation muette. La mise en garde avant le coup de fil à monsieur le maire et à la police ; ce désordre, ces manants, ces enfants qui crient, livrés à eux-mêmes. Le père qui boit, n'a pas de travail régulier, sa femme enceinte et cela à côté de la maison du bon Dieu. Fumasse, le cureton ! Un jour, Tonton lui a dit :

« Toi, l'cul béni, j'te pisse à la raie.

— Excusez-le, monsieur l'abbé, il en a un p'tit coup, disait Gaby.

— Je sais que toi t'es une bonne fille, Gabrielle, mais ton mari, c'est pas un exemple. De qui tu t'es entichée ? »

Nous, on rigolait. Pour nous, Tonton, notre père, était toujours le plus fort. Dès qu'il disjonctait et devenait violent avec autrui, on l'encourageait. Le catéchisme, la messe, les prières, le bénitier et l'abbé qui harangue de sa chaire, nous étions rétifs à cela. Signe du destin, je fis ma première fugue le jour même où je devais communier.

J'étais rentré deux jours plus tard après avoir dormi le long de la Seine avec Isabelle, l'une de mes voisines, plus âgée que moi, et dont j'étais amoureux.

Elle m'envoyait des petits mots et m'avait dit : « Je veux bien que tu sois mon fiancé si tu pars avec moi. » Son père était allemand. Ils habitaient à quelques pas de chez nous. En rentrant, j'ai pris une raclée. À quatorze ans, Isabelle tombera enceinte d'un Arabe, sera placée et disparaîtra à jamais de ma vie, laissant à mon imaginaire de gosse, et à mes sentiments naissants, un grand mystère.

« Pendant la guerre, on manquait de rien. » Tonton disait ça au père Lefrançois tout en ajustant les segments autour d'un piston.

Chemises, vilebrequin, plateau d'embrayage étaient étalés dans la cuisine de Gaby. Très vite, le fonctionnement d'un moteur n'eut plus aucun secret pour nous. Récemment, je déjeunais avec mon ami le dessinateur Gébé. Il circulait dans une vieille 504 Peugeot et me dit qu'il venait de tomber en panne vers la porte d'Italie. Cela lui gâchait sa journée. À tout hasard, je suis allé avec lui, histoire de tester mes anciennes compétences de mécano. Une purge à la pompe d'injection et sa voiture repartit. Lui qui n'y entend rien en resta pantois. Je vois encore son visage étonné.

Le père Lefrançois essayait de comprendre, en vain. Après avoir vu le moteur désossé pièce par pièce et Tonton ajuster, remonter l'ensemble sur sa camionnette, avec le coup de manivelle rageur qui remet en marche et le ronronnement au poil (il le fallait, car la camionnette servait à tout et il devait partir le lundi matin pour faire un débarras de cave), le père Lefrançois restait tout l'après-midi à faire semblant d'aider Tonton et l'enviait :

« Ah toi Tonton, t'es ton maître, t'as pas de patron sur toi, moi j'dois être debout à 6 plombes ! »

Une seule fois nous sommes montés dans la Frégate du voisin. Il l'avait astiquée et dit à la mère Lefrançois qu'il partait pour Saint-Pierre-lès-Elbeuf, où il allait acheter des asticots pour sa pêche ! Il fallut faire attention de ne pas lui salir l'intérieur. Le compteur indiquait qu'on pouvait monter à 160 kilomètres-heure, mais rien n'y fit, il n'alla pas à plus de 90, tout juste frisa-t-il le 100. Tonton avec la camionnette faisait du 115 sur le plat et jusqu'à 130 dans les descentes.

Quand il était poursuivi par les gendarmes qui roulaient en Juva-4 ou en 2-CV, il disait :

« Je ne m'en inquiète même pas, c'est tout

juste s'ils ont le temps de voir mes feux arrière. »

Il exagérait ? Pas tant que ça. Il montait des moteurs de berlines sur sa camionnette, un 1 400 kg Renault à moteur latéral d'origine. Il avait adapté dessus un 11 CV culbuté et trois pignons courts à la boîte de vitesses afin de démarrer plus vite en cas de pépin et, pour soulager en charge, la quatrième était un rapport long, ce qui augmentait la vitesse de pointe. Parfois il revenait avec un bruit de Diesel : « Merde, j'ai coulé une bielle. »

Une bielle ? des dizaines de bielles ! La mécanique de l'époque était peu fiable lorsqu'on malmenait un moteur. Il avait le pied lourd et ne pouvait s'empêcher d'être en lutte rugissante, pétaradante, avec ses moteurs qu'il suicidait tout autant qu'il les ressuscitait.

La petite créature qui ne mange « pas des masses », l'enfant que j'étais, pensait mal, rêvait mal et louait le diable en fixant ses mains pour qu'elles deviennent crochues. Je voulais m'éclaircir les idées en virtuose des péchés, des tabous, de l'interdit, comme si l'échine craintive et le dos servile des honnêtes gens me faisaient plus peur que les diablotins et leurs essaims de serpents. Je déglutissais d'aise à l'idée d'être le mal dans le mal. En filigrane derrière cela, il y avait la revanche comme volonté à vivre... Ceux qui venaient à la messe du dimanche dans leurs beaux habits, avec leur auto clinquante, s'empiffraient de mille-feuilles chez la boulangère en sortant de l'église. Le mille-feuille, je l'ai plus souvent vu en vitrine que dans mon assiette.

Espiègle, le défi farouche, je fermais les yeux pour me livrer aux rayons du soleil, dans ma culotte courte, trop grande, de seconde main, rêvant d'être un jour le maître du monde. Le baraquement me pénétrait et m'attachait à notre exclusion familiale. J'étais une contrefaçon humaine, aussi ingrate que les deux baraques sur l'ancienne place dite « du Marché-aux-Fleurs ».

Deux baraquements, de l'à-peu-près, dans l'après-guerre, construits hâtivement et dans lesquels voisinaient quatre familles :

Les Trappeur : quatre gosses, la mère à moitié au foyer, à moitié à l'usine, le mari employé à la chaîne aux usines Cléon de chez Renault.

Les Lefrançois : cinq gosses, la mère au foyer, le mari employé comme chauffeur poids lourd.

Les Merlini, d'origine italienne : six gosses, la mère au foyer et le mari ouvrier maçon.

Les K... « Knob » « K'no » « Les Klops ». La famille de l'auteur de ces lignes : neuf gosses, la mère au foyer et le mari vivant d'expédients.

Les Trappeur demeuraient discrets, surtout au début. Le dimanche, les enfants étaient tirés à quatre épingles et enrôlés enfants de chœur pour chanter la messe.

Les Merlini, comme nous, vivaient les fenêtres grandes ouvertes, avec les cris et le bruit. Il arrivait qu'éclate une bagarre entre les Merlini et les K. Les voisins s'agglutinaient aux premières loges pour savourer ce spectacle improvisé. La police intervenait pour ramener la paix quand l'affrontement dégénérait. S'ensuivaient des mois, des semaines où l'on restait fâchés. M. Merlini se déplaçait en moto et se prénommait Bruno. Quand il venait prendre le café à la maison, son accent chantant nous intriguait. Il débordait d'énergie.

Au début, les Trappeur venaient timidement frapper aux carreaux de chez nous. Soit ils voulaient un ramonage, soit une bricole ménagère, soit le service de la camionnette pour déménager un meuble. Tonton accepta plusieurs fois de les conduire voir des membres éloignés de leur famille. C'était une véritable expédition, et les Trappeur devaient payer l'essence. La femme Trappeur montait devant, dans la cabine avec Tonton et, pour nous, il bâchait l'arrière de la camionnette. On s'enroulait dans une couverture, le bruit des roues nous endormait. On roulait deux heures. Une fois, nous les avons emmenés à Lille. Nous sommes partis deux jours, avec des haltes dans les petits bistrots de campagne, pour nous dégourdir les jambes. À l'arrière de la camionnette, M. Trappeur essayait de nous faire rire et finissait par nous raconter, lui aussi, des histoires de la dernière guerre.

Petit, j'étais fasciné par les pierres, le bord des chemins, les quais de la Seine, les péniches, le miroitement de la nature, de la cité, de ce qui s'en va au loin. Tout était éternité et mystère. Les boueux du matin.

J'avais des millions d'années devant moi pour regarder les gens, la vie et, d'instinct, ce qui m'accablait dans ce baraquement abyssal, le Formica et le papier peint.

Je m'affligeais et m'enthousiasmais de rien. À l'école, on chantait *a capella* et le fils des Merlini, Bruno (comme son père), couvrait toute la classe par sa seule voix. Il me prêtait des billes et voulait toujours m'entraîner à gagner contre les autres. Je lui parlais des Lefrançois et lui me racontait ce qui se passait chez les Trappeur. Même baraquement, même existence.

Un jour, l'épicière nous apprit ce qui était arrivé aux Trappeur. Le mari avait retrouvé un copain de régiment et l'avait installé chez lui. L'un des fils Trappeur rentra un jour à l'improviste et surprit sa mère dans le lit avec le gars du régiment.

M. Trappeur tomba malade.

M. Trappeur partit en cure de désintoxication.

M. Trappeur fut placé dans un asile de fous à Sotteville-lès-Rouen. Il revint de temps en temps, bien coiffé et rasé, propre comme un malade. C'est le gars du régiment qui allait le chercher en auto avec Mme Trappeur. Le gars du régiment avait remplacé M. Trappeur, qui dormait sur le canapé. Une des filles de

Mme Trappeur, une grande déhanchée, disait :

« Quand même, c'est mon père, ça me fait de la peine que l'autre il tape mon papa. »

Mme Trappeur travaillait à l'usine et le gars du régiment était employé de plomberie. Ils s'étaient payé une auto, un poste de télé. Mme Trappeur se faisait faire une mise en plis chaque semaine, s'habillait mode et nous regardait de haut !

Gaby et Mme Lefrançois, « les oubliées du bon Dieu », passaient leur temps à espionner Mme Trappeur et se gaussaient d'elle.

« Il lui faut du mâle, à celle-là ! »

« Quand même... avec quatre gosses, ça ne se fait pas ! »

« Son bonhomme, c'est un faible ! »

« Regarde-la, elle joue à la dame ! »

Je me souviens de mon quartier que baigne un soleil printanier, de gens en bras de chemise à leur fenêtre, ou assis sur le palier, de vélos et de Mobylette et de l'épicerie de Mme Nez, où les femmes avec leur sac viennent faire les courses. Elles ont les bras dénudés jusqu'à l'épaule, sous le bras on voit leurs poils, et sous le corsage, de grosses poitrines. Le bistrot de Mme Lecoin est envahi de consommateurs. Elle va d'une table à l'autre. Sa devanture est ouverte et des éclats de rire me parviennent. Je traîne sur le trottoir. Je n'ose pas entrer. Je n'ai pas un rond. Je suis décoiffé. Je marche vers le pont et j'escalade les piliers. D'une fenêtre j'entends la voix d'Édith Piaf qui chante : « *Moi j'essuie les verres au fond du café* »... Un cheval de labour traîne une grosse charrette de balles de coton. Il va d'une usine de drap à une autre. Le cheval fait ses besoins au milieu de la route. Un cycliste manque déraper sur le crottin. Il râle. Une 4-CV rouge avec une belle fille au volant passe devant la maison. Les quais de la Seine sont couverts d'énormes tas de charbon. Un gros Berliet actionne sa benne hydraulique. La grue envoie son impressionnant godet sur la montagne de charbon, qu'elle déverse ensuite dans une péniche. Je m'approche de la montagne. Je vole un morceau de charbon. Je joue avec. Je l'écrase contre le mur d'une maison. De sa grue, le grutier m'interpelle et m'engueule. Je lui balance un bras d'honneur et me sauve en courant. Le bistrot du port croule de mariniers qui éclusent et jouent aux cartes. Dans le quartier dit « du Puchot », il y a un petit bras de Seine détourné qui passe entre les habitations moyenâgeuses et relie l'usine de drap par un grand porche. L'eau est transparente. J'y aperçois des rats d'eau. Un peu plus loin est installé un immense lavoir où les femmes rincent et lavent leur linge qu'elles étendent ensuite sous des portiques en poutres de chêne, supportant un toit recouvert d'ardoises. Les rues sont petites et pavées.

De minces ruelles se faufilent entre ces habitations à deux et trois étages, toutes de style normand, comme le Paris de la Révolution. Devant moi une femme pousse son landau. Chez le coiffeur, dont la devanture est peinte en rouge, à travers la vitre, j'aperçois le gars du régiment en train de se faire ratiboiser la couenne. Il me regarde, je le regarde. On se regardera pendant plusieurs années sans s'adresser la parole. Parlant de Mme Trappeur, Mme Lefrançois dit à Gaby :

« Mais comment elle fait ?

— Bah tiens... elle utilise la poire ! »

Chez nous il y en a une dans l'armoire. Une poire rouge en caoutchouc reliée à un tuyau. Jean me dit :

« Les femmes, elles se mettent ça dans la chatte et s'aspergent l'intérieur.

— Pourquoi ?

— Pardi, pour qu'on vienne pas au monde... »

Le quartier du Puchot, surnommé « les Mystères de Paris » car toute la racaille y loge, est en fait le quartier des usines de draps. Elbeuf est une ville qui eut ses beaux jours avec le textile et ses esclaves ouvriers. Dès qu'ils ont quitté l'un de ces bagnes patronaux, ils ripaillent entre eux. Parfois passe un scooter piloté par un « blouson noir » qui s'affiche avec une fille, gambettes à l'air sur la selle biplace. Le mec est fier, provocateur, et la fille se fait traiter de catin.

« Non mais, vous l'avez vue celle-là ?

— Maintenant, avec la mode yéyé, elles ont toutes le feu au cul. C'est l'monde à l'envers.

— Bah, moi, tin, j'lui fr'ais ben voir les feuilles à l'envers », s'exclame un vieux pépère, qualifié aussi sec de « vieux dégoûtant ».

Le soir, il y a toujours un type bourré qui traîne dans le quartier du Puchot. Il rentre chez lui en chantant « *Le Temps des cerises* » ou « *Les Filles de Camaret* ». Même les gosses sortent. Ils poussent à pied le vélo de papa qui fait office de chariot. Sur le guidon pendent deux sacs chargés de bouteilles de vin. Chaque fois que la roue du vélo passe sur un pavé, on entend, sous le léger choc de la roue déséquilibrant les sacs, le tintement des bouteilles qui s'entrechoquent.

Le soir, je regarde les étoiles et les lumières aux fenêtres. Des visages, des expressions, des voix restent gravés en moi.

« Où t'étais passé ? me demande Gaby. Va aider ton frère à casser du bois ! »

Ce clochard barbu et hirsute, quel âge avait-il ? Quel espace avait-il rempli dans la vie ? Ce qui va s'éteindre va renaître de l'autre côté. Le vieillard ne regardait personne et semblait traîner sa chienne d'existence jusqu'au bout de sa propre laisse. Peut-être voulait-il montrer le malaise de cette société : « Tu es faible. Tu dois vieillir. Tu dois mourir. »

Ce vieux traînait une carriole chargée de cartons. Pour lui le monde n'existait qu'à travers « la fouille des poubelles ». Je le voyais arriver de loin, mais toutes les poubelles étaient passées avant entre ses mains. Parvenu devant chez nous, il s'installait sous les piliers de l'église Saint-Jean et déballait son misérable casse-croûte.

Il passait par chez nous parce que le long de la Seine se trouvait un ferrailleur, Barnier. Il rachetait pour presque rien ce que le clochard avait récolté et qui devait lui suffire pour « casser une graine et s'envoyer un ou deux litrons de rouge ».

Cet homme sale, déguenillé, la barbe blanche avec des yeux clairs, fixes et perçants, posait son litre sur le sol, dépliait un journal où il posait sa charcuterie ou son fromage. Avec un Opinel, il se taillait des morceaux de pain qu'il mangeait par petits bouts. La peau burinée, il ressemblait à Moïse. Gaby lui portait nos restes. Selon le temps qu'il stationnait, elle disait :

« Merde, j'l'ai oublié, lui, ben qu'est-ce que je vais pouvoir lui donner aujourd'hui ? »

Gaby était contente de son pensionnaire. Une communication invisible entre elle et lui s'était nouée. Elle lui portait sa pitance. Il opinait du chef pour remercier, mais pas un mot ne sortait de sa bouche. C'était un grand silencieux. Elle fut triste quand il ne vint plus et dit :

« Il doit être mort, ou bien on l'aura ramassé. »

Ce vieil homme, je l'ai longuement observé lorsqu'il regardait la terre, lourde, écrasée sous le soleil.

Barnier le ferrailleur venait tous les dimanches à la messe dans sa 203 Peugeot neuve. Il avait un grand manteau noir et un chapeau rond sur la tête et faisait un petit signe amical à Tonton.

Dans la semaine, il sillonnait la ville d'Elbeuf en vélo avec une remorque accrochée derrière. On l'entendait venir de loin, il criait : « Oh ! po, po, po, lapapeau, polapapeau. » Dès qu'elles entendaient sa grosse voix, de leur fenêtre les femmes lui faisaient des signes, lui donnaient une peau de lapin. Il l'examinait et l'enfouissait dans une pouche. Autour de son cou il suspendait une sacoche de garçon payeur. Il l'ouvrait et réglait la ménagère, remontait sur sa bicyclette et pédalait fort. Au fil du temps, il s'acheta une trompette, la « trompette à Barnier ».

Dans le quartier, on entendait les gens parler à voix basse de la fortune cachée de M. Barnier, ex-virtuose du marché noir. Des réflexions fusaient :

« Plus les gros ils en ont, plus ils en veulent. »

Et :

« C'ti-là, l'a pas besoin d'ses peaux d'lapin pour vivre, c'est môoi qui t'le dis. »

Un copain qui sortait de taule et que Tonton hébergeait parce qu'il était dans la « mouise » lui fit part un jour de son intention d'aller faire une « expédition » chez Barnier : « L'vieux, il a de la thune. »

Tonton refusa :

« Ce que tu me proposes là, c'est les assiettes, j'mange pas de c'pain-là. Si tu veux, j'ai 100 kilos de cuivre en vue.

— Sur la voie de chemin de fer ?

— Ouais !

— S'en prendre à l'État, ça douille aussi...

— C'est tranquille, y a pas de lézard et ça morfle quand même moins que les assiettes.

— Barnier c'est mieux.

— Non !

— Tu te déballonnes ?

— Ouais...

— Mais réfléchis, Tonton. Il y a un jacquot dans son burlingue, je l'ai vu.

— Un coffiot... de nuit, à deux, avec effraction, c'est les assiettes et au moins cinq piges. Non !

— T'en as pas marre de la vie minable ?

— C'est mieux que la zonzon. J'suis mauvais ratier. Quand j'suis au placard, j'pense à mes gosses et j'ai envie de m'filer en l'air...

— Raison de plus, ils savent qu'on est des gagne-petit. La Grande Maison ne nous soupçonnera pas.

— Écoute, j'ai une autre histoire. En 43, avec la « Gueule en or », mon frère Antoine bossait pour la Résistance. Il a été dénoncé et, sous prétexte qu'il n'avait pas eu l'accord des FFI, ils s'en sont lavé les mains. Moi et la Gueule en or, on a buté deux Boches pour le sortir de là et Barnier nous a planqués pendant deux mois. Le vieux, il a risqué sa vie pour nous. Il pourrait y avoir des milliards dans son jacquot, que je n'y prendrais pas un centime... Maintenant, je suis clair ?

— Excuse-moi, je ne savais pas. Je respecte. On n'en parle plus. »

La Gueule en or (il avait des dents en or, d'où son surnom chez les prolos qu'il côtoyait) revenait souvent dans les conversations. C'était un juif qui possédait, avant guerre, une boutique de fringues rue Guynemer. Il était tailleur de son vrai métier. Il avait fait pour Tonton un costume bleu, qu'il gardera près de trente ans, ne le mettant qu'en de rares occasions, rangé dans l'armoire avec des boules de naphtaline dans les poches.

À la Gueule en or, on lui avait embarqué toute sa famille pour les camps de la mort. Il s'échappa de justesse et ne trouva aide et assistance que chez les exclus de la ville, dont Tonton, avec qui il mena diverses actions. Ce qui faisait souvent dire à Tonton qu'il ne manquait de rien pendant la guerre, car lui et la Gueule en or se démerdaient mieux que les autres. Avant la guerre, la Gueule en or était admis chez les bourgeois. Dès qu'il fut *persona non grata*, ravalé au rang de sous-paria avec la fameuse étoile jaune, et atteint par l'immense, l'insoutenable douleur d'avoir vu les siens partir vers la mort, il devint terroriste et voleur. Tonton fut l'un de ses complices actifs, en tout.

Après la guerre, ils en parlaient à table. Tout avait été permis et se trouvait amnistié avec le retour à la paix :

« Oui, j'me souviens. Celui-ci, il les avait bien accrochées, à la haute, et la Gestapo, il leur en a fait voir. Ils l'ont abattu place l'Écalier.

— Il a été balancé...

— Je me rappelle, les flics d'Elbeuf l'ont encerclé. Ils l'ont tué et livré aux Boches.

— L'boucher d'en face, l'emmanché, l'trafiquant de viande, il applaudissait en disant : " C'est à cause d'un mec comme lui qu'on fusille... "

— Tu parles...

— Et dire que la poulaille qui l'a tué, c'est encore la même qui nous court après aujourd'hui... »

Je vois les villes, la science, l'esprit, la matière, la bêtise, la folie, les prisons, les églises, les monuments, la mémoire, les hôpitaux, les usines, la guerre, les cartes de géographie, les écoles, les inventions, la politique, l'exclu, le corvéable. En écrivant, je marche derrière moi... Je soliloque parce que je suis passé dans une existence semblable à d'autres existences révolues et à venir... À travers la fenêtre, la lumière du jour est comme une rosace de douceur sur ma machine à écrire et mes doigts sur le clavier m'indiquent qu'être écrivain est une trop forte prétention. Le plouc qui fait joujou avec le sacré.

Les Phéniciens nous auraient légué l'alphabet ? Il n'est pas certain que cela nous aide à communiquer.

Raconter à partir de cette famille pirate qui envahit et dérange. Leurs guenilles sont criardes pour mieux en refuser d'autres, silencieuses et rangées.

Si le lecteur continue de me lire... Je puiserai dans son regard un peu de richesse, de beauté, d'attention, pour sortir de ma solitude et vidanger par l'encre, comme une brûlure d'été, quelques instants cruciaux de feu, de vie, juste avant que la falaise de craie ne nous ensevelisse tous.

Le baraquement nous efface. Nous sommes sans visage. Il nous gomme des autres. Tant mieux. Le décrire, ce lieu, ce « trop chaud l'été », ce « trop froid l'hiver », ce mauvais sommeil, ce manque de sanitaires, c'est décrire un manque humain, hurler sa rage. Là où nous étions, nous étions à peine.

Tenez :

Il y avait une pissotière derrière chez nous. Lorsqu'elle se bouchait, les employés de la mairie intervenaient en fonction du périmètre touché par l'odeur nauséabonde. Quand le baraquement faisait corps depuis longtemps avec la mauvaise odeur le voisinage s'en trouvait lui aussi dérangé. La pissotière était à deux mètres derrière ma chambre. Une simple cloison m'en séparait, autant dire rien.

Question odeur, nous avions le pif d'un œnologue. Savez-vous que ce n'est ni la merde ni la pisse qui tiennent le mieux la distance en matière de remugles, mais le dégueulis d'un individu saoul ?

Gaby fermait la porte de la chambre pour éviter que les effluves ne parviennent jusqu'à la cuisine. Le soir, quand nous allions nous pieuter, nous devions nous serrer les narines pour pénétrer dans cette chambre parfumée à l'encens des immondices. Gaby s'énervait et éructait :

« Prends le seau d'eau et va nettoyer. Jean, va aider ton frère. »

Nous faisions des aller et retour avec des seaux remplis de flotte. Nous essayâmes même de déboucher avec une tige de fer souple. Jamais dans la journée nous n'aurions osé jouer les vidangeurs par peur des quolibets supplémentaires. On vidangeait en nocturne. Il fallait souvent recommencer, jusqu'à ce que Tonton s'énerve.

Tonton bandait pour la nuit. La nuit, la cambriole, la nuit, le chapardage et même le travail. Mais il avait constamment « son idée à lui ». Dans la journée il y pensait. Le soir venu :

« Allez, venez, mes gars, venez me donner un coup de main. »

Dans ses fourbis, il avait de tout, l'as de la récup. Il sortait un habit d'égoutier qu'il avait dû chouraver on ne sait où. Avec ses truelles de maçon et son auge à ciment, il raclait la merde et emplissait l'auge que nous allions ensuite déverser dans un bidon. Dans son emportement au travail, il en profita même un jour pour déboucher le conduit d'évacuation. Ce travail fait, quelques jours plus tard, re-bouchage, re-nettoyage. Alors il eut les glandes, le vieux. Le bistrot d'en face fut la première cible désignée, vu que la taulière passait son temps à appeler les flics. Il déversa le fût de merde devant chez elle, profitant de la complicité de la nuit pour ne pas être vu. Elle nous soupçonna un brin. On recommença. Elle se mit en demeure d'appeler la Ville chaque fois que c'était bouché, de peur que les Knob s'en viennent déverser devant chez elle. La Ville ne fut pas plus sensible aux appels désespérés de la « cafteuse » du quartier qu'aux nôtres. Quand les odeurs, en leur perpétuelle résurrection, rappelaient leur existence, la bistrotière passait devant le baraquement et interpellait Gaby :

« J'vous préviens, je sais que c'est vous, et je vais vous faire coffrer si vous continuez vos saloperies la nuit. »

Gaby faisait semblant de ne pas comprendre, puis un jour elle s'est mise en pétard.

Elle a surgi furieuse du baraquement, la louche à la main :

« Dis, la morue, t'as fini de m'emmerder. Ah, tu veux me faire coffrer et t'ameutes le quartier contre nous ? »

Et v'lan, un coup de louche en pleine poire. Les passants se massaient, outrés, indignés. Gaby fut convoquée au commissariat.

Tonton l'accompagna avec son beau costume bleu, pas très à l'aise car l'autre avait effectivement porté plainte. Mais ça s'arrangea. Sauf pour l'odeur. Tonton déversa la merde en plein carrefour, au feu rouge dit « du coq ». Chaque fois qu'il en avait un coup dans le nez, il répétait l'opération et s'enhardit un jour à vider les immondices devant la porte principale de la mairie.

Il était costaud. Il gara sa camionnette à 200 mètres derrière la mairie et effectua le reste du trajet à pied avec le lourd fût sur les épaules. Nous fûmes tranquilles, car Tonton, après les avoir nettoyés, cadenassa les portes des W.-C. publics. Il s'écoula un temps avant qu'un employé de la Ville s'en aperçoive. Nous eûmes du répit. Puis il acheta un long tuyau d'arrossage, et le réflexe nous fut acquis d'aller régulièrement nettoyer les chiottes publiques pour n'avoir pas à souffrir des odeurs. Cette guerre avait bien duré six mois.

Avec le fils de Mme Lefrançois, « la grande sauterelle », nous rôdions autour des W.-C. L'hiver, à la tombée de la nuit, nous guettions un type éméché, titubant, un de ces ouvriers bourrés qui sortaient du bistrot d'en face et marchaient sur le trottoir en zigzaguant comme un 8. Aveugles, aimantés, ils ressortaient des cagouinces le pantalon mouillé, se parlant à voix haute ou posant sur nous leur regard vague : « Ah, tu regardes ma gueule saoule... J'en tiens une bonne, c'est Germaine qui va m'gueuler d'ssus. » Ils n'étaient pas méchants, et cela stimulait notre audace. La sauterelle me disait :

« Vas-y, toi.

— Non... eh, c'est toi l'plus grand.

— Bon, fais l'pet. »

Il pénétrait dans les W.-C., faisait semblant de pisser, jaugeait sa victime, sa taille, son état d'ébriété, et, si le type était à point, je l'entendais pousser son cri de méchant : « Beuh ! » En même temps, il poussait violemment le type qui s'étalait dans la pisse.

Sa mauvaise action à peine terminée, il sortait précipitamment et allait se planquer dans une vieille maison que le bombardement de 44 avait à moitié détruite. On s'y retrouvait, observant le type qui se relevait péniblement et cherchait du regard son agresseur. Certains attendaient, furieux, d'autres n'avaient qu'une brève révolte et s'en retournaient, vacillants, sans chercher à comprendre.

Nous avons également eu droit à des types aux réflexes vifs, à des courses-poursuites et à de méchantes claques dans la gueule lorsqu'ils nous chopaient. Il fallut peaufiner notre scénario, attendre que le mec ait la verge à la main, qu'il soit bien en train de se vider de tout le picrate qu'il avait ingurgité : « Wouah, la gueule du mec », ses grognements lorsqu'il tombait à genoux dans les écoulements de la pissotière. On en rigolait, on en parlait encore le lendemain.

J'évoluais dans un univers de femmes enceintes. « La Renée » fut grosse douze fois. Ces femmes enceintes, le berceau de mon enfance, avaient le ventre rond et la démarche portée en arrière, le corps soumis à l'effervescence du sperme. Après toutes les contraintes qui dénaturent l'esprit, après la manière dont l'institution enlise toute liberté, après l'école et la religion pour les programmer en mères qui élèvent bien leurs enfants, le dernier maillon de la chaîne : le ventre obèse, puis les petits criards dans leurs jambes. Le vrai sacrifice. Le règne du plus fort s'édifie par une paire de couilles. Les femmes sont les « pondeuses ». Le mâle-prolo, caricature d'homme libre, ne sait pas à quel point il dit juste quand, lubrique, il invite : « Tu viens, ma poule... » Il achève par le bas.

D'esclave à esclave, esclave fort sur esclave faible ; après les approches amoureuses, c'est l'amour à l'étouffée. Les illusions, les rêves ont fait long feu. Ne reste que le rafistolage social pour s'en sortir, si peu... L'étouffement par la parole et le corps. Quand il dit : « J'vais tirer un coup avec ma Germaine... », il y a le mot « coup ». Dans le lit où ils cohabitent, qu'elle le reçoive, consentante ou non, amoureuse ou pas. Les conditions de survie sont telles qu'il la baise comme un coup de glaive et, pour ce mince jet de plaisir, il l'éventre de l'intérieur pour neuf mois. Elles deviennent grosses, se traînent grosses. Si, dans ce lieu de femmes enceintes où je jouais et miaulais en chat échappé d'une portée, si, éveillé à la culture et à la conscience, j'avais pu poser mon regard sur elles...

Ni les hommes, ni les femmes, ni les enfants n'étaient (et ne sont encore) ici des personnes, mais de simples « gueules d'humains ».

J'allais vivre pour ne jamais naître.

« La Renée », Renée Charbonnier. Une fille de ferme. Grande et forte, blonde comme une Hollandaise.

Elle possédait une Mobylette verte et habitait une vieille maison de garde-barrière, en plein cœur de la forêt des Essarts, que son mari, sans le sou, avait squatté pour sa famille. Malgré ses grossesses à répétition, elle faisait quotidiennement ses dix bornes pour les courses. Elle connaissait tous les épiciers qui faisaient crédit. On la voyait pédaler sur sa Mobylette pour la faire démarrer, avec son gros ventre et une surcharge de sacs à provisions sur le porte-bagages. « Pour nourrir sa craillée », disait-elle. Donner « la craillée », dans le patois des campagnards normands, signifie donner à manger aux volailles. Inconsciemment, elle assimilait sa nichée d'enfants à un élevage de poules.

D'autres fois, en plus des provisions, constituées de gros pains de 4 livres, de farine, de margarine, de graisse de cheval — elle beurrait le quatre heures de ses enfants avec de la graisse de cheval sur les tartines ; chez nous aussi, les jours maigres, c'était pareil —, elle avait, dans la remorque qu'elle tirait derrière sa Mobylette, quatre brocs de 20 litres (ces brocs en fer-blanc qu'on voit devant les fermes et qui servent à la traite des vaches), remplis d'eau. Quand son puits était sec, elle passait prendre l'eau chez nous. Dans sa vieille baraque, il n'y avait ni eau ni électricité. Elle s'éclairait à la lampe à pétrole. La Mobylette achetée à crédit était son seul luxe.

Le mari, « son Rémy », un proscrit, était un paria. Les uns et les autres le montraient du doigt. Hiérarchie de la dégradation, ravalement social par le commérage. Même aux enfants, il était recommandé de « ne pas se fier à ce fourbe de Rémy ».

Douze gosses dans la forêt humide, les

vitres cassées, le vent, les corvées de bois pour alimenter la cheminée. Ils avaient voyagé dans le ventre de la Renée, étaient tous venus à bon port en ce bas monde.

La Renée me surnommait « son Ré ».

« Ça va, mon Ré ? »

Autant le Rémy était maudit, autant il y avait unanimité en faveur de la Renée. Mal mariée, courageuse et la bonne humeur naturelle. Même sous l'effort, elle souriait lumineusement.

Elle avait rarement le temps de s'ennuyer. Tonton chargeait de grands fûts pleins d'eau dans la camionnette et s'en allait remplir le puits de la Renée.

Ce fut pour nous l'occasion de découvrir leur baraque, d'y manger, d'y dormir, d'y jouer, d'aller à la cueillette des champignons.

On nous disait que le Rémy était à l'hôpital. En fait il avait dépucelé la plus âgée de ses filles. La Renée rentrait d'une visite médicale avec sa Monique, une blonde de quatorze années environ, avec une queue-de-cheval et des habits d'homme, des brodequins à lacet. Elle s'était assise sur une chaise, recroquevillée sur elle-même. Un grand regard clair, les mains croisées. Elle avait « fait mal ». Sa figure, son corps, ses habits ; tout indiquait l'existence punie. Elle guettait sa mère pour savoir si elle allait reprendre une correction, si elle pouvait bouger, si elle pouvait respirer, et acceptait qu'on la regarde durement.

La Renée l'exposait à la réprobation générale, y compris la nôtre, à nous enfants. Gaby lui dit :

« C'est pas bien, ma fille ! »

Silence et regard dans le vide.

« Mais enfin, tu ne comprenais pas ? »

Elle pleure les mains devant son visage. De grosses larmes, de vraies larmes qui inondent ses joues et lui bouchent le nez, qu'elle essuie d'un revers de main nerveux et maladroit. C'est la Renée qui pleure à son tour en menaçant sa fille :

« Arrête de chialer ! Tu sais l'mal que tu m'as fait. »

Ce sera la seule fois où on verra la Renée en larmes et en colère. Nous devions avoir des regards hébétés et durs. La Renée dit :

« Il faut que je la place, qu'elle travaille. Un placement où elle puisse ramener des sous. Ça s'trouve pas comme ça. »

Elle ajoute :

« Le médecin a dit qu'on pouvait passer trois doigts, tu t'rends compte, ma Gaby... Trois doigts ! »

Elle s'énerve et veut dérouiller sa fille une nouvelle fois. Gaby lui stoppe le bras.

« C'est toujours elle qu'il emmenait sur la Mobylette, j'aurais dû m'douter qui s'passait quelque chose. »

Le Rémy est en taule. La Renée s'en est séparée. Nous sommes ses seuls amis, et elle vient nous demander assistance. C'est ainsi que Tonton ira porter l'eau, réparer les carreaux et autres bricoles et, au passage, il nous fera une petite sœur avec la Renée. Sa dernière, son treizième gosse. Là encore, l'histoire continue.

De placement en placement, la violée par le père, la Monique, la lépreuse, ira de fugue en fugue, et le jour où je volerai l'une des premières Simca 1000, le copain qui m'accompagne m'incitera à faire un tour à Paris jusqu'au quartier des Halles. J'y retrouverai là, par hasard, Monique en train de tapiner. Elle me fera jurer de ne rien dire à la Renée à qui elle envoie des sous et à qui elle fait croire qu'elle est serveuse dans un restaurant.

Tonton nous fit donc une petite sœur avec Renée. Mais avant, il y eut une grande sœur, conçue pendant la guerre. Parfois, Tonton arrêtait sa camionnette et discutait sur le trottoir avec une fille bien habillée qui avait les mêmes joues rouges que lui, que moi, que nous, la fille Latcha, celle de la côte Saint-Ho. Un jour, pour répondre à ma curiosité, Tonton me dit :

« Bah... oui, c'est ta sœur, sa mère était mon ancienne poule d'avant ta mère. »

Normal.

1982. Sortie de prison. Le retour. Je musardais dans Elbeuf, après vingt-cinq années d'absence, quand une femme m'a abordé :

« T'es pas un gars à Gaby, toi ?
— Oui... Et vous, vous n'êtes pas Mme Lefrançois ?
— Mais si... »

Nous avons évoqué le passé, le baraquement du Marché-aux-Fleurs. Elle avait conservé ses expressions d'antan :

« Tu sais qu'on se fendait bien la goule, là-bas... Tonton, il est mort ?
— Il est mort.
— Jean aussi...
— Oui... Et le père Lefrançois ?
— Ça fait bien dix ans qu'il est mort. Ça m'a soulagée... Tu sais. Et Gaby ?
— Elle vit toujours.
— Tiens, je serais bien contente de la revoir. Elle habite où ? »

Ses enfants à elle sont casés, mariés. Elle a des petits-enfants, et elle vit seule dans un trois-pièces au centre-ville :

« Y voulaient s'débarrasser de moi en m'envoyant à l'hospice... Que c'est ingrat, la vie à c'te heure... »

Je lui ai porté son sac. Elle se déplaçait péniblement, ne sortait que pour ses courses. Bien que vieille, elle teignait ses cheveux en noir, et mettait du rouge sur ses lèvres pendantes.

Elle n'a pas voulu que je l'aide à monter ses deux étages. Elle doit sentir qu'en l'aidant on pousse sur elle un peu de terre du cimetière. Quand elle m'a dit : « Embrasse Gaby, dis-lui que j'irai la voir », j'ai compris qu'elle ne pourrait y aller seule. Elles vieillissent à quelques rues de distance. La ville les oublie, les enfants aussi. Leur vie est recluse, elles vont du lit au poste de télé tout en préparant leur pitance. Elles n'ont plus faim et se contentent de soupe ou de café au lait. Quand on croit leur faire plaisir en leur apportant un gâteau, elles ne peuvent plus manger. C'est comme si avec la nourriture on voulait leur mettre la tête sous l'oreiller pour les étouffer et s'en débarrasser plus vite.

Un soir. La rue noire. L'église Saint-Jean dessinait des ombres inquiétantes. Du baraquement s'échappait de la lumière, de la vie en contraste avec ce géant monacal et sentencieux qui surplombait notre termitière. Tout était calme dans l'épaisseur de la nuit. Les filles, mes sœurs, se chamaillaient d'un rien et Tonton sur le coin de la table lisait quelques pages de *La bande à Bonnot* avec une moitié d'orange coupée dans sa main. Il avait sorti sa panoplie de lunettes. Des lunettes de récupération qu'il essayait les unes après les autres, au pif, jusqu'à ce qu'une paire lui convienne et lui éclaircisse le regard. Elles étaient rondes, cerclées, et lui faisaient une tête de rat de bibliothèque. Ce qui détonnait avec ce qu'il enfilait en guise de pyjama ; une sorte de survêtement de l'armée U.S. Toujours la « récup ».

Une voiture stationna devant la baraque. L'un de nous mit l'œil à la fenêtre et reconnut la Celta-4. « C'est Charbonnier ! »

Tonton ne broncha pas. Son visage affichait des grimaces de malin, un faux air de tranquillité, de force... Nous attendîmes que Charbonnier vienne se présenter à notre porte. Il y eut les petits coups secs du toc-toc sur la vitre, suivis d'un cri. Une voix haute qui disait :

« Tonton, sors... Sors, Tonton, si t'es un homme. »

Tonton se leva, traversa la cuisine au linoléum vert, au plafond blanc d'où pendait la grosse ampoule qui répandait une lueur jaune. La tension enflamma les occupants du baraquement. Silence et regards angoissés vers le père. Gaby s'écria :

« N'y va pas, il a un fusil ; ils sont deux... »

Gaby savait. Elle avait tout de suite compris. Elle connaissait le tempérament, les frasques de son « bonhomme ». Le gars qui accompagnait « l'Charbonnier » portait un béret façon bouseux. L'un et l'autre étaient excités. Les jambes arquées, en position d'attaque, devant chez nous. L'alcool leur donnait du courage, un courage mauvais. Tonton ouvrit calmement la fenêtre et dit :

« Eh bah, rentre, c'est pas la peine de réveiller tout l'quartier.

— Il a un fusil. N'y va pas... », répéta ma mère.

Comme si on avait compris, comme si on savait, apeurés, pareils à des animaux autour du mâle, on s'écriait :

« N'y va pas, papa, n'y va pas.

— Ah, la vache ! » jura Tonton.

Le Charbonnier relançait :

« Alors, tu te dégonfles ?

— J'arrive... »

Tonton enfila ses chaussures, des « sans-gêne », qu'il s'achetait lui-même à bon marché. Des pompes rondes avec un élastique sur le côté. Elles s'enfilaient sans lacet, en force, et tenaient seules. Il privilégiait ce genre de groles souples qui ne lui tailladaient pas les pieds.

Dehors, le Charbonnier lui pointa son fusil sur le ventre et éructa méchamment :

« Alors, enfoiré, tu m'fais cocu ?

— Et toi, pédale, tu violes ta fille ?

— Ça m'regarde, j'vais t'foutre en l'air, Tonton !

— T'as besoin d'un fusil pour ça ? »

Alerté par ce remue-ménage, le père Lefrançois ouvrit ses volets et entra dans la partie en s'adressant à Tonton :

« T'as besoin d'un coup de main, Tonton ? Attendez mes lascars, j'arrive ! »

Il s'ensuivit d'autres insultes et une altercation violente. Tonton mit la main sur le canon du fusil.

Le coup partit en direction du baraquement et ma sœur Élise faillit en prendre plein la tête. La balle passa au-dessus d'elle et se logea dans le haut du buffet. Une balle à ailettes, un truc pour la chasse au sanglier. La bagarre fit rage. Le Charbonnier et son acolyte étaient sur Tonton. Gaby s'en mêla à coups de louche, nous fîmes de même. On gênait Tonton plutôt qu'autre chose. Tonton glissa et tomba à terre. Le complice de Charbonnier en profita pour lui balancer un grand coup de pied au visage, ce qui lui éclata la tronche et le fit se réécraser à terre. Jean piquait l'un des agresseurs avec une fourchette. Ma sœur Ghislaine jeta le pot-au-feu bouillant sur Charbonnier. Devant cette ruée de toute la famille sur eux, ils déguerpirent. Faut dire qu'on était entraînés. Quand le père Lefrançois arriva, le pugilat était terminé.

Gaby soigna Tonton. Son visage dégoulinait de sang. Il avait l'arcade sourcilière ouverte, une blessure sans gravité mais qui nous impressionnait. Cela nous faisait peine de voir le père blessé.

Tonton fut content car dans l'affaire il avait récupéré le fusil du Charbonnier et ruminait la suite.

Gaby ronchonnait et s'indignait : « Ah, l'Charbonnier ! » En 1944, les FFI recherchaient Charbonnier pour le fusiller. Tonton l'avait planqué, nourri, déplacé à maintes reprises pour l'arracher à leurs griffes. Il survécut en se terrant dans les bois pendant plusieurs années, le temps que ça se tasse.

L'amitié entre Tonton et Charbonnier remontait d'avant la guerre, du temps où ils étaient en taule à Rouen. « Les cent mille briques » ou « bonnes nouvelles », ainsi surnommaient-ils cette prison. Pendant la guerre, ils avaient été chacun d'un camp opposé, mais le souvenir de l'enfermement les rapprochait. De son côté, Charbonnier était venu prévenir Tonton que la Gestapo le recherchait. Nombreux furent ceux qui rallièrent la Résistance à la dernière heure. Tonton ne voulait adhérer à aucun camp, il se démerdait pour survivre, d'abord. Ensuite, il faisait sa guerre personnelle à l'occupant.

Souvent la Résistance était venue demander à Tonton de cacher des proscrits, de tracer des pistes de fuite, d'élaborer des replis. On pouvait lui faire confiance, lui qui menait sa vie en perpétuel mouvement de cache-cache avec la police et la gendarmerie. Il connaissait les chemins, les moindres recoins de la région. Ce côté homme sauvage, homme des bois, rendit bien des services.

Avec son complice Gueule en or, un jour qu'ils maraudaient en campagne, à travers bois, ils tombèrent sur des conteneurs fraîchement parachutés. Ils étaient en train de les prendre lorsque surgit une patrouille allemande. Ils réussirent à lui échapper grâce à leur connaissance du terrain. Quand ils remirent ces armes à la Résistance, le chef des résistants se contenta de dire qu'ils n'avaient « fait que leur devoir ».

Après la Libération, faux et vrais résistants festoyèrent ensemble et remirent en place l'ordre bourgeois qui renvoya Tonton à son statut de paria. Il ronchonnait, s'aigrissait. Parmi les faux résistants, une « grosse légume », chez qui on allait faire des travaux de ramonage. Ce notable savait que Tonton savait. Il nous accueillait courtoisement, avec une sorte de malaise :

« Ça va, Tonton ?

— Ça va.

— Bon, je te laisse, tu connais la maison. »

Je garde le regret d'avoir eu à côtoyer ces descendants d'ex-collabos qui continuent de servir des lois datant du gouvernement de Vichy, ne serait-ce que celles qui réglementent l'actuel fonctionnement des cours d'assises. Avant la guerre, les jurés populaires délibéraient seuls. Vichy vota une loi qui obligeait trois magistrats à se joindre à eux.

J'affirme qu'il n'est pas un magistrat qui ne soit un homme de main de l'État. Au procès de Malik Oussekine, les jurés populaires ont fait de la figuration. Rien ne peut expliquer que des policiers tuent sans faire un jour de prison, alors que quotidiennement les tribunaux prononcent des peines fermes contre ceux que le chômage conduit à la délinquance. Pour faire confiance à la justice populaire, il faudrait d'abord lui donner les moyens de sa réhabilitation en abrogeant cette loi qui date de Vichy. J'aurais des tas d'exemples comme celui de Malik Oussekine. Après vingt-six années en prison, je suis un historien de la justice, de la police. Et de la misère !

Le destin choisit pour moi.

J'allais dans les décharges publiques pour ramasser de la ferraille. Les corbeaux me surveillaient. Chaque fois que je faisais un ramonage avec Tonton, j'avais droit à la cave, comme les rats.

Le profiteur, cette boule de graisse, le notable, habitait une grande maison à la sortie d'Elbeuf. Un lieu dit « Le Buquet », sur la route de la forêt de la Londe. On circulait sur une petite route, en avril, avec le faux printemps normand, dans les feuilles mortes et l'odeur du renouveau de la nature.

Nous stationnions devant un portail de fer et le jardinier venait nous ouvrir. Je ne saurais décrire cette maison cossue, ce mini-château avec un grand parc, des arbres, une véranda, et du lierre sur les murs. Dans l'entrée, un escalier avec la boule de cuivre astiquée, des têtes d'animaux empaillés. La bonniche en tablier blanc guidait d'autres visiteurs ; nous, nous connaissions le lieu. Une fois par an, ramonage, même rituel, même suie. À cette différence que Tonton chourait de bonnes bouteilles qu'il sélectionnait dans la cave qui en était pleine.

Je faisais des aller et retour vers la camionnette. Dans mon sac de ramonage, je descendais les bouteilles vides, et remontais avec les pleines. On nettoyait, reboulonnait la trappe. Rangement des échelles, facture. On repartait. J'avais droit à un bon pourboire. « Boule de graisse » avait une Citroën Rosalie noire. Un costume foncé avec la veste fendue dans le dos et un chapeau rond de notaire. Il ne manquait ni la messe ni les réunions municipales.

Dans la camionnette, je m'appuyais avec les pieds sur le tableau de bord. Tonton était content de lui. L'idée d'avoir quelque chose de bon à boire le faisait saliver. Il me souriait, complice :

« Ne dis rien à ta mère.

— Comment il fait pour ne pas s'en apercevoir ?

— Tous ses commis vont à la cave, ça peut être eux.

— T'es malin.

— Oui, mais ne prends jamais exemple sur moi.

— Ah, ouais.

— Fais ce que je te dis, mais pas ce que je fais... Compris ? »

Le jour est revenu... D'autres jours. Le baraquement a été rasé et un parking campe sur notre vécu. Rien ne subsiste de ce passé. Le curé doit être content. Enfin, son successeur. Je ne suis qu'un voyeur qui revient. Une scène se fige en moi. La tête burinée et tannée de Tonton me surprend. Je discute avec toi, tu es là, quelque part, pas mort. Une autre vie dans d'autres lieux de dèche, d'autres endroits crades, d'autres bistrots au paradis des lambeaux, dans le crépuscule du bas peuple.

J'ai vu la fille sur la Mobylette. Je ne rêvais plus. Je l'ai vue et reconnue. Son visage d'enfant était aussi son visage de femme adulte, comment ne pas la reconnaître.

Tu marchais, en esprit à mes côtés, Tonton. La fille était au feu rouge, à l'arrière d'une Mobylette. C'était une image d'avant, de mon ancienne vie à Elbeuf. Les commères, les rieuses, la poussière des rues goudronnées. Maintenant le calme, le propre et la politesse règnent. Ce n'est plus la même ville. Mais elle, là, au feu rouge, tu connais. C'était une comme nous.

C'est encore une comme nous. La Mobylette attend que le feu passe au vert. La fille se cramponne au gars qui conduit. Elle a de longs cheveux noirs. Tu la connais depuis toute petite, n'est-ce pas ?

« Évidemment...

— Moi aussi...

— Tiens, elle s'est trouvé un autre jules ?

— Elle doit survivre comme elle peut... »

Bertela. C'est ça... Sa mère se nommait Bertela. Elle vivait à la colle avec un « crouille ». Dans les années 50-60, le racisme, l'intolérance étaient moins politisés, mais existaient tout aussi rudement. La Bertela vivait avec un Arabe qui travaillait sur les chantiers. Le samedi, il claquait sa paye « au bar des ratons », chez Moustache. Quand il sortait, il insultait les gens jusqu'à ce que les flics l'embarquent au violon. La mère Bertela s'interposait entre eux et les flics lui rétorquaient :

« Ton bougnoule, tu l'auras demain matin, allez casse-toi, paillasse à bicot, sans ça on t'embarque avec lui. »

La mère Bertela portait de longues robes et marchait pieds nus.

Elle aussi insultait les gens et leur disait :

« L'bicot y bande mieux que les Français. »

La première fois que je l'ai vue, c'était au commissariat de police à Elbeuf. Elle était venue déposer sur le banc un casse-croûte en implorant qu'un flicard veuille bien le donner à son père embastillé. Un flic, trop bon, avait dû accepter. Dans ce local de police avec des bancs de bois à l'entrée, j'ai dû, comme elle, attendre longtemps. Le poste de police faisait partie des bâtiments de la mairie. La cour d'honneur brûlait du soleil du soir qui se reflétait sur le panier à salade. Répugnante automobile. Peut-être qu'il avait dit : « On verra ça ! » À moi, il me disait souvent : « On verra ça ! »

Elle rejoignit sa mère et ses sœurs. Elles attendaient, assises sur un banc, devant la mairie. Les flics disaient à la Bertela :

« Si tu rentres dans le commissariat, on te boucle et on place tes gosses. »

Agacé de la voir sur le banc public, l'un d'eux se déplaçait et répétait la même menace pour la faire partir. Elle cédait.

Cette femme devant la mairie... Cette mère avec trois enfants, décoiffée, mal vêtue et pieds nus. De gosse à gosse, mais aussi de guenilles à guenilles, on se regardait. J'étais venu pour une raison similaire. Gaby m'avait envoyé au poste pour savoir s'ils n'avaient pas vu Tonton. Pas rentré au bercail depuis deux jours. Un flic finit par dire :

« Y a le gars K. qui cherche son père.

— Le ramoneu ?

— Ouais, l'gars à Tonton. »

Même certains flics le surnommaient « Tonton ».

« Bah non, l'ramoneu. On n'a pas vu ton père », répliqua un autre.

Et encore :

« Dis-lui qu'il répare l'échappement de sa camionnette, sinon on verbalise. Le curé est venu se plaindre. Avec son boucan, il paraît qu'il dérange les paroissiens. »

Un autre avec des galons, chemise blanche et cravate noire, en s'adressant à l'entourage sans se préoccuper de ma présence :

« Mais qu'est-ce qu'il attend, le maire, pour faire raser ce taudis du Marché-aux-Fleurs, c'est un nid de racaille ! »

Vingt-cinq années après, il y a dans ma mémoire de l'imprimé, de l'encre lumineuse sur du papier calciné. Des souvenirs qui tendent leurs mains pour s'agripper à moi ; des visages d'un soir qu'on voudrait à jamais oublier et qui occupent intérieurement. Des visages sans logis, des cicatrices, défigurés. Je plisse les yeux et me souviens d'un mec qui fut moi, qui fut un enfant. Et un peu d'amour pleure lorsque je revois Malika.

Le feu passe au vert. La Mobylette chargée de ses deux occupants s'ébroue péniblement dans un nuage de fumée bleue et disparaît par ces rues qu'on appelle « les derrières ». « Tu prends les derrières. » Des itinéraires fléchés pour ceux qui sont aussi derrière la vie.

Au fur et à mesure qu'Elbeuf s'ouvre devant moi, je glane des infos. Dans un bistrot, l'ex-compagnon d'école avec le nez rougi me dit à propos de Malika :

« Celle-là, elle va au cul. »

J'ai continué de soliloquer en m'adressant à toi, Tonton.

Sa vie, à elle ? Misère inflexible, constat de l'indigence visible. Malika s'est fait cloquer quatre gosses, se prend des coups par un mari alcoolo qui a perdu un œil dans une bagarre. Il est actuellement en cure de désintoxication à l'hôpital d'Elbeuf. La voisine lui garde les gosses pendant qu'elle fait une sortie en Mobylette avec un copain. Ils picolent, elle se fait baiser en vitesse et rentre chez elle, prépare la bouffe pour tout le monde, soigne son œil au beurre noir, et se dépêche d'aller à l'hôpital voir son concubin qui va essayer de se lever de son lit « pour lui faire comprendre » en la tapant, ou en se contentant de la traiter de salope...

Cette femme de quarante ans, Malika, pas trop enlaidie malgré sa dure existence. Si je te disais, Tonton, que c'est avec elle que je me suis dépucelé. On jouait ensemble par contrainte, entre pouilleux. On ramassait les bouteilles consignées pour s'offrir un litre de Vittel-Délice à l'orange et on vadrouillait du côté du champ de foire. On se baignait dans l'eau dégueulasse.

Au champ de foire, en septembre, les

forains s'installaient pour un mois avec une ribambelle de manèges. Vidée des forains, cette grande place pourvue d'herbe et d'arbres, que longe la Seine, était envahie par les promeneurs du dimanche et un commando de pêcheurs à la ligne. Avec Malika, nous suivions les chemins de halage, nous y dénichions des endroits cachés où nous nous terrions. Le père de Malika l'avait prise en grippe parce qu'à l'école elle disait : « Papa bobo maman. » Le service social s'empressa d'aller faire un tour chez eux, sans remédier à quoi que ce soit.

La famille de Malika logeait derrière le champ de foire, à la sortie d'Elbeuf, dans une épicerie désaffectée. Des cartons et des panneaux de bois remplaçaient les anciennes vitres. La porte d'entrée en bois était comme celle d'une grange. Sur le côté du mur sortait un tuyau de poêle à charbon. Ça ne faisait plus partie de la ville et ça ressemblait à une cabane de chantier. C'est là que Malika et les siens vécurent.

J'y allai souvent. Malika m'apercevait et j'allais l'attendre « dans les derrières », un coin d'usines abandonnées. J'aimais bien ces gens qui partageaient mon refus d'aller à la messe. Quand son mari était absent, la Bertela me laissait entrer pour que nous puissions jouer ensemble. J'offrais à Malika des choses « de la récup », des pièces de monnaie d'avant guerre, avec un trou au milieu pour faire comme si « on avait de l'argent ». Un jour, je lui fis cadeau d'un porte-clefs en bronze rouge à l'effigie d'un saint Bernard qui, paraît-il, portait chance.

De dimanche en dimanche, nous passâmes plusieurs années ensemble. Devant nos parents respectifs, nous faisions semblant de ne pas nous connaître. La Bertela laissait faire. Avec la camionnette à Tonton, on les voyait qui revenaient de la décharge municipale de Saint-Pierre-lès-Elbeuf et, comme on dit, il y a « une trotte ». Je demandais à Tonton : « Arrête-toi, on les prend. » Il devait voir d'un mauvais œil ces sous-manants au landau chargé de ferraille qui lui faisaient concurrence. Et il refusait en disant : « On n'a pas le temps. » Il leur rendait service en leur livrant gratuitement des stères de bois. Entre lui et la Bertela, il avait dû se passer quelque chose de non consommé.

Un jour que nous venions d'apporter du bois, la Bertela lui dit :

« Tu te rappelles, Tonton, quand on s'léchait la pomme ? »

Moi, j'avais tourné la manivelle de la camionnette pour la mettre en marche. Malika, éblouie par ma prouesse, me demanda si je savais la conduire. Je répondis que oui et qu'aujourd'hui le vieux ne voulait pas.

En ville, je pénétrais dans les W.-C. publics avec Malika. Naturellement, je regardais par en dessous quand elle déféquait. « C'est sale ! » Elle demanda à voir mon zizi, qu'elle ne trouva pas extraordinaire. Ni moi le sien.

Dans la forêt environnante, au cours de nos balades, il nous venait des sensations. Plus personne ne nous voyait. Elle disait :

« On joue au médecin, je fais la malade. »

Elle s'allongeait sur le ventre, ne portait pas de culotte, et moi je lui titillais l'anus avec des bouts d'allumette jusqu'à ce que ça rentre dedans. Elle faisait : « Aïe ! » Mais elle n'avait pas mal. C'était pour faire comme s'il s'agissait d'une vraie piqûre. Le petit bout d'allumette tenait tout seul entre ses fesses.

Elle restait ainsi cinq minutes et me demandait de l'enlever en faisant d'affreuses grimaces et me disait subitement qu'elle n'était plus malade. On jouait à cache-cache et aussi au père et à la mère. Je m'allongeais sur elle et mettais mon zizi contre le sien. Comme j'étais trop lourd pour elle, nous n'y jouâmes plus. Plus tard, nous nous apprîmes mutuellement à nous embrasser. La bouche serrée, lèvres contre lèvres.

Dès que j'eus mon premier vélo, j'allai sur le champ de foire pour lui « en faire faire des tours ». C'était un vélo d'homme que j'avais moi-même de la peine à enfourcher. Je recourais aux cales et aux trottoirs pour grimper dessus, prenant préalablement soin de coincer la pédale d'en haut. Dès que je roulais, la pédale du bas faisait le vide avec mon pied trop court. Je rattrapais sur l'élan. J'avais un pédalage élastique, laborieux... J'aimais ce vélo, je jouais avec et m'en servais en voltigeant avec des déhanchements de droite à gauche pour suivre le rythme des pédales.

Tonton m'avait dit :

« Ce vélo sera pour toi quand tu seras grand. »

J'en pris immédiatement possession. Malika en fut la première admiratrice. Sur le champ de foire, elle n'arrivait pas à « en faire ». Elle mettait un pied sur une pédale et, de l'autre pied, elle s'élançait comme on le fait avec une trottinette. Par la suite, elle réussit à glisser ses deux jambes entre le cadre et pédalait en trapéziste. Plus tard, selle baissée au maximum et bras de pédales plus grands, je véhiculai Malika sur le porte-bagages. Il n'était pas confortable, lui marquait l'entrejambe et lui rougissait le haut des cuisses. Elle souffrait sans se plaindre, contente d'être avec moi. Le vélo nous accompagnait partout. Objet magique du déplacement, de la fuite nomade.

J'eus ensuite une Mobylette. Malika me surprit en train d'offrir des tours à une autre voisine et me demanda de cesser. En échange, elle serait ma fiancée, même pour après si je voulais... J'ai dit « dac » parce que je devais être content. L'habitude nous vint.

Ma première Mobylette me venait de la récup. Je passais mon temps à la démonter et à la remonter, et le dimanche, j'allais rouler sur les chemins de halage, jusqu'à la forêt de sapins, au moins à 15 kilomètres d'Elbeuf. Tonton ne le savait pas. Je faisais comme lui en n'empruntant que les chemins vicinaux et forestiers. Il menaçait de me la retirer si j'allais ailleurs que sur le chemin de halage, vu que j'étais trop jeune et que je n'avais pas d'assurance. Pour avoir de l'essence, j'ai commencé à en siphonner dans le réservoir de sa camionnette. Il s'en aperçut. La gueulante et la correction !

Avec Malika, on s'aventurait dans les chantiers pour trouver le carburant. On coupait l'essence avec de l'huile pour ménager le moteur deux-temps et le problème fut réglé. Malika savait faire aussi bien que moi. Elle repérait les chantiers, faisait le guet. Au passage on chourait des outils, des bricoles. Un jour on a même réussi à piquer des transistors, à la foire, en découpant la toile d'un forain. On les planquait à Orival dans une grotte et on écoutait « Salut les copains ». Un promeneur, un fouineur, dut trouver notre planque, et adieu transistors. Nous fîmes encore quelques larcins ensemble.

C'était l'époque où une idole chantait : « *Son tout petit itsibissi istsi Bikini qu'elle mettait pour la première fois.* » Je m'étais éloigné de Malika. La prison m'attendait. J'y entrai à quinze ans et demi et il dut s'écouler une quinzaine de mois. J'avais des copains blousons noirs. Malika se refusait. Alors, j'allais voir d'autres filles. Elle voulut une fois, après elle ne voulut plus. Moi, je voulais souvent, si souvent qu'un jour Tonton tambourina dans la porte des chiottes. Il avait envie de couler un bronze et moi... et moi... euh...

Je sortis et il dit :

« Alors, tu te branles dans les chiottes ?

— Sûrement pas, ça va pas, non ?... »

Elle ne voulait pas, Malika. Dès qu'elle sortait de chez elle, elle gonflait et coiffait ses cheveux à la mode années 60, se mettait du rouge à lèvres, portait des culottes, et ne voulait plus que je regarde son zizi. Pourtant, on s'embrassait, elle mettait sa langue dans ma bouche. J'aimais bien.

On se baladait dans les fêtes foraines des villages environnants, nous déplaçant sur la Mobylette qui sillonnait les grandes routes. Malika se juchait derrière moi en amazone, les copains bisquaient, et me demandaient : « Oui ? » Je répondais : « Sûr, elle baise bien. » En fait, je continuais à me masturber.

Un jour elle céda.

Nous étions dans l'une des classes de l'école maternelle. Un dimanche. Petits, nous venions régulièrement visiter l'école déserte. Moi, je voulais. Elle, pas trop. Je voulais. J'insistai. Elle accepta. Je m'allongeai sur elle et la touchai avec ma main... J'eus du mal à lui enlever le slip. Elle ne voulait plus que je lui voie le zizi. Elle me guida :

« Plus bas, là... doucement, là, tu y es. »

Cela lui fit un peu mal. Elle me demanda de ne plus bouger. Puis tout alla très vite, une décharge électrique dans le creux des reins, un sentiment, une sensation de légèreté. Je me retirai précipitamment et j'éjaculai sur son ventre et sur sa robe. C'était l'accord entre nous. J'avais dû lui promettre que ça resterait un secret :

« Si mon père l'apprend, il me tuera, tu sais, les Arabes ne plaisantent pas avec ça... »

Moi, j'en avais souri. L'autre promesse sacrée était que je ne lui « jute » pas dedans.

« Si tu m'jutes dedans, j'vais être enceinte...

— Promis, je ne t'jute pas dedans, dès qu'ça vient, j'me retire. »

Ce fut la seule et unique fois. J'insistai, je râlai, je pleurnichai. Rien, nada... Mon argument était de dire que mes copains, eux, baisaient leur nénette et que moi j'avais l'air d'un con. Elle dit :

« D'accord, mais par-derrière.

— Quoi, par-derrière ?

— C'est pareil que par-devant, et on risque pas d'être en cloque...

— Comment tu sais ça, toi ?

— Ça fait longtemps que mon père il m'l'fait...

— Ah, l'salaud, j'vais...

— Ah non... j't'ai rien dit. »

Elle pleurait. Je la consolai.

Elle dit que son père risquait d'aller en prison si ça se savait et qu'elle regrettait de me l'avoir dit. Elle ne l'avait jamais dit à personne. J'étais abruti, ignare. C'est elle qui m'apprit qu'on pouvait faire la même chose par-derrière :

« Mais comment ça, par-derrière ?

— Tu peux m'rentrer dans l'cul...

— On peut vraiment ?

— Bah oui, ça fait un peu mal, et après c'est les mêmes sensations. Mon père, il aime bien. Il jute et y a pas de risque. La preuve, j'suis jamais enceinte. Toi, tu peux.

— Comme ton père ?

— Mais je préfère toi... »

Vint le détachement. Peut-être mon éphémère réussite dans la cambriole ? Les copains de l'époque, d'autres filles, et probablement la honte que son père « la touche », même comme ça.

J'ai dû espacer mes bals avec elle. J'étais crétin à outrance. Un jour, je la raccompagnai en lui roulant des pelles. Devant son logis, elle me mit la main sur les choses, elle voulait me sentir par-derrière. J'ai refusé, faussement dégoûté et lui ai chanté *La Petite Anglaise aux yeux de braise,* l'une des chansons paillardes favorites de Tonton.

« *Et si ça sent rien en entrant...*

Ça pue la merde en sortant... »

Quel jeune con j'étais...

Nous ne nous sommes plus revus et ma carrière en prison a commencé.

De nombreuses années après, je traînais dans la foire d'Elbeuf, où mon neveu Fabrice m'avait demandé de l'emmener. Je ne reconnaissais personne. Mais soudain, Malika. Même visage, fait d'un mélange d'expressions de crainte et de fuite sauvage. Elle servait des gaufres pour le compte d'un forain.

« Vous désirez, monsieur ?

— Deux gaufres. »

J'ai payé. Elle m'a rendu la monnaie. Elle ne disait rien. Je l'observais. Muet. Au moment de partir, je lui demandai :

« Vous ne me reconnaissez pas ?

— Si, vous êtes Roger », fit-elle en me souriant timidement.

Je ne sus quoi lui dire et m'éloignai en la regardant... Déjà occupée à servir un autre client.

Aujourd'hui, je la regarde disparaître au loin sur sa Mobylette. Le temps passe et creuse notre propre disparition. Si la conscience s'obsède de la mort, la vie ne se nourrit pas forcément de la vie.

Autour de moi, l'homme de la rue me file le vertige. Homme de vin, homme de rien, qui ne pense qu'à son ventre et sa queue, comme un chien. Sans réelle conscience d'être vivant, de tout retenir, d'avoir autre chose à vivre qu'une soumission à la fatalité de l'existence.

Pour le plus grand nombre, la survie prime la vie. Bouger n'est pas exister.

Genre humain pantalonné, débordant de sa picore politique et fixé au répertoire immuable de sa pauvre vie. Le pays fourmille de ces corps froids qui accouchent du législatif, inabordables pour d'autres discussions, fermés aux autres manières d'exister. Chaque regard ressemble à celui du monde entier. Vieux film usé. Je ne me hâte plus de vivre. Tu m'as regardé, Tonton, moi, le fils de l'homme, qui craque devant le poème d'Alain Jouffa « Liberté des libertés » :

« *Faire s'éclairer toutes les cervelles,*
N'accèdent au pouvoir que les criminels. »

Malika est passée devant moi. Elle fut ma première chaleur humaine.

Aux périodes vivables succédaient les moments de dèche sur fond de poubelles et de soupe popu. À peine les allocations étaient-elles versées qu'elles servaient à payer les crédits multiples. Manger relevait du miracle, de la démerde, et Tonton attisait ses instincts de chasseur, son côté animal affamé.

Il fallait survivre et nourrir la meute.

Il arrivait qu'on lui fasse les louanges du travail rémunéré, de la vie collective, du droit de vote... Il prenait son air grimaçant, ses yeux de renard traqué, et répliquait : « Penses-tu ! » Impossible de le déboulonner dans son for intérieur. Rien ne l'ébranlait. Il restait hostile aux aboyeurs syndiqués, aux barons politiques, à l'ignorance établie des administrations. Il était hors siècle, refusait les mages, les théoriciens, la théologie, la bonne cause nationale. Lui, c'était le pays arriéré, l'illettrisme, l'analphabétisme. Foin des apprentissages. L'assaut irrésistible de la vie en marge des lois le fortifiait. Son argumentation restait celle de la guerre, des « bat d'Af » (où l'on avait essayé de le casser à coups de sévices corporels) et aussi des dures expériences de son enfance. Il nous avait raconté qu'un jour sa mère, à court d'habits, l'avait envoyé à l'école avec une robe de fille.

Ça l'avait tué. Quelle rancœur, lorsqu'il disait :

« J'allais à l'école avec une blouse de fille. Moi mes gosses, ils boufferont toujours, et ça, c'est pas donné à tout le monde. Si ton employeur te lâche, tu ne seras bon qu'à quémander pour nourrir les tiens... Moi, je me démerderai toujours. »

Pour se démerder, il se démerdait, mais à quel prix ?

Gaby tremblait, car l'vieux était parti faire le cuivre. Toute la nuit, elle guettait et s'endormait au matin. Nous surprenions des bribes de paroles lorsqu'il lui racontait. Un soupir venait s'éteindre dans notre chambre après avoir traversé le panneau. C'était :

« J'ai eu chaud... J'en ai fait courir plus d'un. J'suis encore bon et celui qui me mettra la main dessus n'est pas encore né. »

Elle râlait :

« Mais quand est-ce que tu travailleras pour un patron ? C'est pas un exemple pour les gosses !

— Parce que j'en ai eu moi, des exemples ? Parlons-en, de l'exemple de ceux qui se font presser comme des citrons...

— Moi je tremble, et les gosses non plus ne dorment pas. »

Nous connaissions toutes ses planques. En douce, nous allions perquisitionner ce qu'il avait volé. Fabuleux trésor qui nous fascinait. Des rouleaux de fil de cuivre rouge. Nous en coupions des morceaux pour notre usage. Il s'en apercevait et, furieux, nous tombait dessus :

« Vous êtes bien comme votre mère, aussi cons, donnez-moi ça, ce sont des preuves ! »

Gaby nous défendait en affirmant :

« Au moins ils sauront ce que ça coûte, de faire ces conneries-là !

— La voie ferrée, c'est l'État, et en correctionnelle, ça douille le maximum... Si c'est ce que tu souhaites ! »

Il partait vendre ses larcins et revenait avec des billets neufs. Du coup, il payait le coiffeur à Gaby et lui laissait « ce qu'il faut pour le porte-monnaie ».

Elle évacuait ses craintes, n'y pensait plus, se réjouissait :

« Tant qu'il y a des sous à la baraque ! »

Les jours fastes, nous mangions du poulet cuit au four, dans une grande cuisinière à charbon. Une chaleur suffocante envahissait le baraquement. Dehors, l'épaisse fumée noire s'échappait du toit. Gaby surveillait la cuisson. Le torchon à la main, elle ouvrait précautionneusement la porte du four, sortait le poulet et rajoutait la sauce.

Nous humions l'odeur, les yeux plus grands que le ventre, et attendions avec impatience l'heure du repas. Ce jour-là, la table à rallonge réunissait l'ensemble de la famille. La bonne chère et les pommes rissolées bénissaient notre plaisir de vivre. « Les Knos » s'empiffraient. Les voisins, eux, pour « paraître », devaient manger des patates à l'eau. Tonton suivait les conseils d'Henri IV à propos de la poule au pot.

Les parents disaient :

« Les Lefrançois, les autres, avec leur télé et leur belle auto, vous croyez qu'ils mangent comme nous ? »

Une manière de marquer d'une pierre blanche ce moment privilégié. Gaby observait sa marmaille en souriant :

« On a pas de beaux habits, mais on mange... J'ai pas un de mes gosses qui n'est pas en bonne santé, qui peut en dire autant ? Hein... qui en veut encore ? »

Tous les quinze jours, le scénario se répétait. Il compensait les creux de la semaine. Il arrivait qu'on invitât un voisin ou un cousin. C'était notre façon d'en montrer aux autres. Tonton et Gaby étaient ravis de les entendre dire :

« Quand même chez vous, au moins, on mange bien... »

Dès que se faisait sentir le manque de poule au pot, Tonton, relancé par Gaby, disait :

« Bon, j'vais étudier la question. »

Il partait à la campagne chercher la poule, en échange d'un ramonage de cheminée ou d'une corvée et, le vendredi soir, la camionnette rentrait tard. Nous entendions le bruit du moteur et le claquement de la portière, d'un bond nous étions levés, sous prétexte de venir lui dire bonsoir. Il râlait :

« Allez vous recoucher. »

On insistait. Pas dupe, il se décidait à exhiber la pouche à charbon d'où s'échappait le volatile. Nous voulions voir, jouer avec. Passé ce moment, il l'enfermait dans le cagibi jusqu'au sacrifice du dimanche. Il arrivait qu'il y en ait plusieurs. Quel remue-ménage, avant qu'il parvienne à vendre ou à échanger les poules en trop !

L'une d'elles tenta la cavale, un jour où mon frère Jean s'essayait au dialogue avec elle. Les vaines imitations de « cocotte-cocotte-cocotte-que-là » eurent l'air de l'indisposer. Elle avait ce regard rond qu'elles ont toutes. Elle mit à profit le fait qu'il l'avait détachée, que la porte du cagibi était ouverte.

Un coup à droite, un à gauche. Elle se dirigea vers l'église Saint-Jean et, sans hésiter, suivit la circulation. Jean s'élança à sa poursuite. Il traversa la rue Guynemer sans se préoccuper des automobilistes. Devant chez nous, les autos descendaient le pont et roulaient vite. Jean fut fauché par un poids lourd. Le chauffeur bloqua ses roues arrière et se déporta avec fracas. Jean était dessous. Sous le choc, il valdingua sur le radiateur et glissa sous les essieux. Le gars était un copain à Tonton. Il était effondré mais Jean se releva en rigolant :

« J'ai rien.

— C'est sûr ? »

Tout le monde s'attroupait. Jean repartit à la recherche de la poule. Quand il revint à la maison, Gaby conversait avec le chauffeur devant un « jus ». Celui-ci gueulait :

« Gaby, il est fou, ton gosse... J'ai eu peur, si t'étais passé sous les roues, t'aurais été écrasé comme une chique, mon p'tiot. »

Jean, accoudé à la cuisinière, se marrait, presque fier de cet exploit. Le besoin inconscient qu'il lui arrive quelque chose. Qu'il se passe quelque chose. Par la suite, il rêva de cet accident et se réveillait la nuit, en nage. Je rouspétais : « Tu m'empêches de dormir », tandis qu'il m'expliquait avoir revu le pont arrière, les roues, le pot d'échappement et lui-même en bouillie. Les parents dirent que ce n'était rien, que cela passerait avec l'âge.

Quand il n'avait pu avoir des poules par les moyens légaux, Tonton partait en voler. D'abord seul, puis il nous emmena avec lui.

« Bon, alors qui est-ce qui vient avec moi aux poules ? »

On faisait chorus :

« Moi ! moi ! »

Même les filles voulaient participer à l'expédition :

« Et nous ? disaient-elles.

— C'est un truc pour les gars, pas pour les filles », assenait Tonton.

Il nous apprit les forêts, les chemins autour d'Elbeuf et sa région comme si nous devions y vivre toute notre vie.

Avec sa camionnette, il ravageait les routes dans la poussière, les chemins tortueux, les raccourcis. Il passait là où on ne passe pas, ou presque jamais. Je n'ai rien oublié de son expression pleine de vitalité lorsqu'il disait : « Bon, ce soir on va aux poules ! »

C'était ferme, décidé, contre tous.

Un soir, la batterie de la camionnette était presque à plat. Notre table criait famine. Nous partîmes aux poules quand même. Il pensait que la batterie rechargerait en roulant. Elle ne rechargea pas. Nous étions en route, mal barrés.

Il voulut faire demi-tour car les phares baissaient d'intensité dès que le moteur ralentissait. Il dut sentir le coup dur venir et ce fut parce qu'on insistait qu'il continua. La dynamo étant faiblarde, pour la soulager et gonfler la batterie, sur les routes qu'il connaissait bien, il roulait sans lumière. En haut d'une côte, il stoppa le moteur, et pas moyen de remettre en marche. Nous y parvînmes grâce à l'élan de la côte :

« Bon, y en a un qui restera dans le camion pour tenir le moulin en marche. Je connais une ferme. Je l'ai déjà faite. C'est un peu risqué. L'avantage, c'est qu'on pourra garer la camionnette assez loin et y aller à pied. »

Dans la campagne silencieuse, ensevelie dans la nuit, les cottages, les arbres dessinent des ombres inquiétantes, les fossés, les petites lueurs des fermes isolées, les semeuses, les tracteurs, la bouse, les vaches, les moutons, les poules, les pommiers, le clair de lune. La nuit nous délivre son certificat d'impunité. Elle nous fait complices des clôtures escaladées. Le fil de fer barbelé qui rompt sèchement, d'un son claqué, pincé, lorsque le « coupe-boulon » lui fait sa fête. Il abat sa vigilance rouillée, libère le chemin. Entre les fils barbelés et moi, il n'est question que d'éraflures, de petites coupures, de fines cicatrices et de fonds de culottes, tant j'ai bataillé pour venir à bout des vertus de la propriété privée. Barbelé coupé à vif par les tenailles, démasqué par le voleur volontaire. Débouté ce barbelé, ce fer fleuri des camps concentrationnaires contre quoi je luttais pour chaparder des pommes, des cerises, des pêches, des prunes. Je l'ai toujours trouvé sur ma route, aux murs des prisons comme sur les poteaux des clôtures. Je suis né briseur d'enclos et j'ai vécu en taulard briseur de barreaux.

Tonton y va franchement, cisaille et rampe contre la terre humide de cette Normandie pluvieuse. Très vite, il est sur le poulailler, fait sauter le cadenas et se précipite sur les poules qu'il enfourne dans la pouche, un grand sac de charbon vide avec une corde au bout. Parfois, il utilise une lampe électrique dont il réduit la lumière en plaçant sa main devant. Nous avons eu les chiens, les coups de fusil. En ces temps-là, les pécores ne tuaient pas pour des vols de poules, le plus souvent ils tiraient en l'air et lâchaient leur bête. Dès qu'un chien le coursait, Tonton faisait volte-face et se mettait lui-même à cavaler après.

Il disait que l'homme est physiquement plus fort que le chien et que c'est la peur qui fait la différence. Nous l'admirions lorsqu'il se battait avec un sale cabot. Nous avions la frousse : « Papa, papa, le chien ! » Il nous secourait immédiatement. Tout au plus s'est-il fait mordre quelques fois, mais soit il tenait les chiens à distance, soit il leur filait une trempe. Il allait sur l'animal, le soulevait du sol et l'autre pleurnichait en se repliant. Quel était son secret ? Il n'aura pas eu le temps de tout nous enseigner.

Mon frère Jean et moi sommes d'une inconscience totale. Le danger ne signifie rien. Il faut qu'il nous cogne pour nous effrayer. Des sensations fugaces. Elles ne durent pas. La bonne étoile veille sur nous.

Je suis chargé de garder le moteur en

marche. C'est plus fort que moi, je donne des petits coups d'accélérateur, plaisir fabuleux de sentir le moteur s'emballer sous mon pied. Je tiens cette puissance à ma merci. Eux sont partis à travers bois afin de contourner la ferme et s'occuper du poulailler. Le chien aboie, les poules s'affolent. Tonton juge qu'il a le temps et embarque quatre poules. Le paysan tire, tente de les poursuivre. Ils reviennent essoufflés. Entre-temps, à force de jouer avec le moteur, je l'ai calé. J'ai perturbé le ralenti par mes coups d'accélérateur. Ils me trouvent en train de m'escrimer à remettre en route. Tonton jette le sac avec les volatiles à l'arrière de la camionnette et me dit :

« Toi, j'te retiens, merde ! merde ! on est dans l'bain jusqu'au bout. »

Il tâtonne sur le tableau de bord et constate qu'il n'y a plus du tout de jus dans la batterie. Furieux :

« Il faut pas rester là ; le cul-terreux peut se pointer. Il va sûrement appeler les schmidts. »

Il avise l'entrée de la forêt et se met en tête d'y pousser la camionnette.

Jean s'installe au volant. Nous poussons l'engin. Il est coléreux, transpire à grosses gouttes. On pousse... péniblement. Saloperie ! Mètre par mètre, le pachyderme bouge et se dirige vers l'entrée du bois. La camionnette s'enfonce dans les ornières. Nous nous arcboutons à l'arrière. Tonton redouble de force, de feu, et sa voix expulse des ho hisse rageurs, silex entre les dents. Nous sommes à peine à 10 mètres dans les sous-bois. On continue, dos contre la camionnette, les reins contre la ridelle. Il pleuvote. On glisse dans la boue. Tonton efface les traces de roues avec des branches. Lorsque nous sommes bien enfoncés, le bruit d'une automobile se fait entendre. Elle passe sur la route, stoppe, effectue une marche arrière et stationne à l'entrée du bois. Un homme en descend, la lampe électrique à la main. Il balaie son jet lumineux dans notre direction. La distance et la nuit font barrage. Il pénètre dans les sous-bois et tourne sa lumière vers nous, sans nous voir. Notre cœur bat la chamade. L'homme fait demi-tour. La voiture repart. Dans le lointain, le moteur se fait de plus en plus silencieux :

« Ils sont partis ?

— C'était qui ?

— T'as pas reconnu, c'est la 203 break des gendarmes d'Anfreville. L'autre cloche nous a jetés aux schmidts. Le danger, c'est la radio qu'ils ont à bord. Il suffit qu'ils soient en patrouille dans l'secteur, ils se pointent et nous coincent, mais qu'est-ce que vous croyez, que je suis né de la dernière pluie ? »

On rigole et Jean lâche :

« On les a baisés !

— Pas sûr, si on peut pas redémarrer, on est bons comme la romaine. »

Silencieusement il s'affaire autour du Renault. Il râle après moi :

« C'est bien tes conneries, t'as noyé le moteur et vidé la batterie complètement, passe-moi la clef à bougies. »

Il démonte les quatre bougies, les essuie et en écarte les électrodes pour améliorer l'allumage. Débranche l'arrivée d'essence, nous demande de tourner le moteur afin d'aérer les cylindres.

Avec son briquet « tempête », il chauffe les bougies une par une. Remonte et rebranche tout et, avec les piles de la lampe électrique et des bouts de fil, il fait un branchement à la bobine d'allumage ; moins — plus — moins — plus. Un code compliqué dont lui seul détient le secret. Il dit à Jean :

« Tu appuies sur l'accélérateur d'un quart, et tu ne mets le contact qu'à l'ultime moment où je balance la manivelle, immédiatement tu coupes le contact si ça ne démarre pas. »

Il tourne la manivelle, sonde la compression et fait signe à Jean : « Contact », suivi d'un « Vlan ! ». Au deuxième coup le moteur toussote : « Coupe ! » Il dit :

« C'est bon, ça va partir, surtout ne l'étouffe pas, y a très peu d'allumage. »

Rebelote, d'un coup de manivelle très viril.

Un léger ronronnement se fait entendre ; ça enclenche sur un cylindre, puis un autre :

« Accélère, relâche tout, re-accélère, vas-y par à-coups. »

Jean s'active tel un môme sur son flipper.

Le moteur éructe, s'étouffe, reprend des tours, balbutie. Tonton est dessus. Il s'est précipité et branle l'accélérateur, tire sur le starter, le repousse aussi sec, et le moteur qui clapote émet un rugissement subit. Cette fois, il tourne. Tonton donne un coup de tournevis sur le carbu pour augmenter le ralenti. On remballe vite fait l'outillage et on taille la route à travers bois. Les gendarmes en vadrouille lui reviennent à l'esprit et il improvise un itinéraire pour ne pas tomber dessus. Nous roulons à fond la caisse. Les phares sont jaune blafard et leur éclat diminue dès que le moteur baisse de régime. Il pousse au maximum, se déporte dans les traverses, fait patiner les roues. En bout de chemin se dresse une clôture :

« Accrochez-vous. »

Il fonce, bondit dessus. On vit comme dans un film. Nous sommes aux anges ! La clôture s'incline tout en ripostant sur l'aile avant qu'elle amoche et une partie du pare-chocs qu'elle malmène. Faute de bonne visibilité, un bac à vaches empli d'eau nous accroche.

La camionnette s'écrase dessus, se déporte. Une roue décolle du sol. Tonton fait claquer le levier de vitesse et réembraye vigoureusement en deuxième. Les roues patinent, la camionnette tourne sur elle-même et reprend une trajectoire stable que Tonton dessine à coups de contre-braquage. Nous traversons le champ en direction de la route.

Il tire à fond sur les manettes sans lâcher prise :

« Si on cale, on s'embourbe et on ne repart plus. »

Le périple à travers champs continue jusqu'à ce qu'il juge avoir assez d'élan pour dégager la seconde clôture et franchir sous l'effet de la vitesse le petit fossé qui nous sépare de la route. Opération réussie, même mouvement de chambarde. Lui aussi se fend la pêche, satisfait d'être revenu sur la route. On rentre à la maison à tombeau ouvert, avec les poules.

Gaby était dans tous ses états.

Tonton fut sévère avec moi. Il me rabroua méchamment. De loin, il m'avait entendu jouer avec le moteur. La panne, les conséquences, la possible arrestation (« On a frisé la correctionnelle »), l'ombre menaçante de la prison : tout cela m'était imputable.

« T'es bon à rien, on a failli se faire gauler à cause de toi, ferme ta gueule ! ferme ta gueule, j'vais te filer une trempe, tu vas voir... Va te coucher ! »

Je dus aller me coucher sans manger. Gaby me nourrit derrière son dos. Deux jours après, il n'y pensait plus.

Avec Jean, ils se relevèrent à l'aube et partirent chez « la mère Kno », sa mère. Une vieille femme qui patoise, et qui est devenue chauve le jour où son mari s'est pendu. La mère Kno l'avait découvert elle-même dans le grenier. Ce fut le choc de sa vie. Tonton avait douze ans. Dès qu'éclate l'orage familial et que Tonton se tire, il va loger chez sa mère, au premier étage de la maison qu'elle occupe. Il y conserve sa chambre et encombre le reste de la cour avec ses outils et sa ferraille. La mère Kno n'est pas sympa. Elle veut qu'on s'en aille quand Tonton n'est pas là. Elle survient silencieusement dans notre dos et dit : « Qui t'fouille ta ? » « Décanille, mon to-gars. »

En rentrant des poules, nous avions souvent d'autres choses à l'intérieur de la camionnette. Les paysans laissaient une partie de leur récolte au bord des champs. On stoppait et on chargeait. Le plus fréquemment des patates, de la betterave, des pommes, des poireaux. Tonton stockait le tout chez « la mère Kno ».

Là-bas se trouvaient les pièces de rechange nécessaires à la réparation de la camionnette. La mère Kno tournait autour d'eux et disait : « Quik t'as, t'as cassé ton auto ? » Ils démontèrent, remplacèrent les pièces cassées et repeignirent l'engin, car Tonton pensait avoir laissé des traces de peinture sur les clôtures. Il le sécha avec de l'essence et maquilla pour qu'on ne puisse voir la réparation.

« Comme ça, on va pouvoir battre les naves... s'ils viennent me casser les burnes. »

Avec Jean, il parlait, déroulait le film :

« T'as vu, j'ai l'compas dans l'œil, le Renault a fait un bond d'un mètre. »

Ils tchatchent entre eux et, moi, le fautif, je suis dans mes petits souliers. Deux jours passent quand la 203 break des gendarmes s'immobilise devant le baraquement. Les pandores vont ausculter la camionnette. Tonton se tient dans la cuisine et ne perd rien de la scène. Les gendarmes, impressionnants avec leur uniforme tiré à quatre épingles, s'encadrent dans la porte d'entrée et, tout en saluant poliment, s'adressent à Tonton en le tutoyant.

« On peut savoir où tu étais, vendredi soir ?

— D'abord, j'vous ai pas dit d'entrer. Restez dehors. Je vous rejoins. »

Toute la famille se masse derrière Tonton. À peine veut-il répondre que Gaby les agresse :

« Qu'est-ce que vous lui voulez, à mon bonhomme, vous ne pouvez pas lui foutre la paix ?

— On veut savoir où il était vendredi.

— Avec sa femme et ses gosses. On a fait des crêpes vendredi, demandez aux gamins. »

Tonton reprend les choses en main,

s'étonne de l'acharnement dont il fait l'objet et réplique :

« Mais toi, ton oncle il collaborait en 40, qu'est-ce qu'il devient, l'empaffé, tu le laisses tranquille, celui-là ! »

Nous, on confirme que papa était là.

L'un d'eux dit qu'on ment et qu'ils vont nous emmener à la gendarmerie.

« Tu veux dire l'ancienne Gestapo... Qu'ils aient torturé dans vos locaux y a pas si longtemps, ça vous étouffe pas !

— C'était la guerre, Tonton. Écoute, on sait que c'est toi pour les poules, c'qu'on en dit, nous... Il y a eu plainte, on fait notre boulot, c'est tout.

— T'appelles ça un boulot ? Toi, tu laisserais tes gosses crever de faim. Un jour tu finiras par les mettre en taule, eux aussi. Chez vous, y en a qui mettent leurs gosses au trou pour les punir. J'le sais, dis pas que c'est pas vrai... Tu parles d'une éducation !

— C'est nous qui posons les questions...

— Je réponds si je veux. Où il est, ton mandat ?

— Enquête préliminaire... Et arrête de nous insulter, un jour, on t'aura, tes gosses seront placés et ta Gaby, elle t'apportera des oranges.

— Pauv'con, faudrait que tu aies des preuves. D'ici là, tu peux aller te rhabiller.

— T'as de la chance que le juteux veut pas se lancer dans les frais, car on ferait expertiser ta camionnette, et des preuves, on en aurait tant qu'on voudrait... Prends notre visite comme un avertissement. Les voleurs de poules on n'en a rien à foutre, mais un jour, on finira par te coffrer pour de bon... Trouve-toi un boulot, fais comme tout le monde avant qu'on soit obligés d'être méchants avec toi. »

Tonton faisait le dur, mais il préférait avoir affaire aux gendarmes qu'aux képis de la P.N.

Socialement, nous étions déjà des bêtes prisonnières du chasseur. On tolérait nos larcins comme on tolère que les oiseaux volent le grain des champs.

Plus tard, j'aurai affaire à d'autres gendarmes. La répression sera sans mesure, sans limites.

Les écrasés, les victimes du système ont ma compassion, mais pas ma préférence. Je me situe du côté de ceux qui refusent, qui s'indignent, se rebellent. Je rêvais, je rêve encore d'une lutte colossale. Désobéir fut ma vocation et ma fraternité va à ceux qui refusent le sacrifice du présent.

Je suis d'un monde fusillé par la misère et l'exclusion, et mon regard s'est porté ailleurs. Hors de cette épaisseur du sommeil qui ensevelit les victimes de la soumission et du renoncement.

La mère Kno demeurait aux Écameaux. Sa vieille maison défiait l'environnement. Elle faisait l'angle entre la route de Bosc-Roger et le chemin des Écameaux. Celui-ci longeait une petite prairie et un morceau de colline accessible par un chemin escarpé. Le haut des Écameaux grouillait d'usines fraîchement implantées. Il en découlait du bruit et un va-et-vient constant. La vieille bicoque faisait tache. Une bâtisse à un étage, avec une cour à découvert. Tonton avait dû recourir aux échafaudages pour la renforcer, de peur qu'elle ne s'écroulât. Une vraie ruine. Derrière se dressait un hangar. L'ensemble portait les traces d'un ancien lieu de négoce de bois et charbon. Tonton occupait le hangar et la cour où il entassait son fourbi.

La mère Kno. Vieille femme traquée par la misère, tannée par une existence très dure. Son mari passait la voir une fois l'an pour lui faire un enfant. Elle en eut huit, quatre garçons, quatre filles. Tonton était le troisième. Pour manger, la mère Kno se faisait laveuse de linge dans la rigole du quartier du Puchot. Ce travail ne lui permettait pas de nourrir ses enfants. Il fallait donc les placer.

Ce fut le sort de Tonton, gosse de ferme, en maison de correction et au bagne pour enfants de Mettray (où fut aussi enfermé Jean Genet). Il ne connut son père que passagèrement et vécut quasiment sans rapport avec lui.

La mère Kno se prénommait Augustine. Elle vécut quatre-vingt-quatorze années dans la même maison et n'eut qu'un seul homme dans sa vie.

Je n'ai connu mon grand-père qu'à travers ce qu'on racontait de lui dans la famille. Un de mes oncles disait : « C'était un rouge ! » et d'autres faisaient admirativement état de ses lettres qu'utilisait la mairie comme modèle, du temps où il était écrivain public.

Il passait son temps sur les routes, dans une carriole tirée par des chiens, et vivait du rempaillage de chaises qu'il effectuait sur les marchés ou en faisant du porte-à-porte. Sur l'une des photographies de famille, on le voit bombant le torse, un pantalon serré, une écharpe en guise de ceinture et une casquette de chourineur qui coiffe ses rouflaquettes. Il est très mode 1900 sorti des bas quartiers, la bonhomie avenante.

La mère Kno se tient à ses côtés, en robe longue. Il y a un gros fourneau, une lampe à pétrole sur la table. Le logis donne l'impression d'une étable aménagée.

Il y a maintenant du papier crevassé qui pendouille, se gonfle sous l'humidité. Des fils électriques blancs tressés courent le long des parois et se terminent par un bouton en cuivre monté sur une rondelle en bois. Ce bouton à l'ancienne prend le jus, ce qui explique pourquoi je m'en souviendrai pendant longtemps.

Au premier étage, deux pièces, l'une sert de débarras et l'autre de chambre avec une fenêtre qui donne sur la rue. Tonton nomme ça sa « garçonnière ». Il y planque plein de choses. Sur un vieux meuble trône, dans un cadre vitré et poussiéreux, une photo de Tonton habillé en troufion, au retour de Tataouine. Pour avoir craché à la gueule d'un gradé, ils l'avaient envoyé là-bas. Il fut attaché à un poteau sous le soleil, sans boire et, une fois, enterré vivant dans le sable, avec juste la tête qui dépasse.

Ils vinrent le rechercher le lendemain pour le mettre à l'infirmerie. Il dut également faire des marches forcées, avec 25 kilos de plomb sur les épaules. Bref, il en avait bavé... Sur une étagère, il y a des obus en cuivre vides et un râtelier avec diverses armes de guerre. Malgré l'interdiction, évidemment, on joue avec, sans les munitions, manquantes ou cachées ailleurs. Il nous faut des ruses de Sioux pour pénétrer dans ce lieu sans éveiller les soupçons de la grand-mère. Une trappe donne accès au grenier. On sait que le grand-père s'est pendu là. Le lieu nous fiche les foies. On l'évite.

Un jeudi, jour de relâche à l'école, nous sommes partis en vadrouille jusque chez la mère Kno. Exaltés à l'idée de fouiner, de trouver quelque chose... Rendus sur place, nous avons escaladé le poteau électrique contre le mur de la maison. Un rétablissement souple et silencieux à travers la fenêtre coulissante nous propulsa directement au premier étage. De là, nous nous apprêtions à crocheter le cadenas. Seul obstacle à vaincre pour pénétrer dans la garçonnière de Tonton... À peine avions-nous constaté que la porte était déjà ouverte qu'une voix féminine se fit entendre et, en réponse, celle de Tonton. Par curiosité, nous restâmes cachés dans une pièce attenante.

La voix de femme était celle de Sandra, une fille de ferme récemment débarquée à Elbeuf. Elle logeait chez son oncle, sur la colline des Écameaux, et passait et repassait à vélo devant la maison de la mère Kno alors que nous aidions Tonton à ranger sa ferraille. Elle stoppa un jour et vint dire à Tonton qu'elle avait besoin de travailler. Elle proposa de trier les métaux. Il lui fit remarquer que ce n'était pas un travail de femme. Elle répliqua qu'elle travaillait aux champs depuis qu'elle était toute petite et qu'en matière de besogne elle ne craignait pas les hommes. Elle voulait nous aider juste pour avoir un peu d'argent de poche. On put vérifier qu'elle ne travaillait pas aussi bien que nous, mais deux fois comme nous. Nous étions encore gamins. Sandra n'était pas loin de l'âge adulte. Sandra ne fut pas seulement « la ferrailleuse des K. » mais aussi la bonniche de la mère Kno, pour qui elle faisait les courses, le ménage et coupait le bois de chauffage.

C'était une fille costaude. De grands cheveux châtains, des joues rouges, des yeux bleu délavé et des habits d'homme aux couleurs neutres. Le samedi, elle restait au « Café du Viaduc » et proposait de soulever son gros pull de laine pour laisser voir ses seins si on lui payait un coup à boire, et on pouvait les toucher pour « un autre godet ». Elle parlait froidement aux hommes :

« Mes seins sont raides comme des pines ! Faut payer pour voir et repayer pour toucher. »

Sandra venait d'un petit village de l'Eure, et était l'aînée d'une famille nombreuse qui vivait dans une vieille bâtisse sans eau ni électricité. La mère et le père étaient aussi employés aux champs. Sandra, chassée de chez elle, dormait dans les bois et son oncle finit par l'héberger aux Écameaux.

Elle avait été bannie parce que, lasse que son père abuse d'elle, elle avait profité d'un moment où il était saoul pour prendre l'avantage sur lui et lui avait cassé un bras avec un manche de pioche. Le père alité ne pouvait plus aller aux champs. La mère s'était solidarisée avec lui.

Dès que Sandra avait été femme, le père avait pris l'habitude de quitter le lit conjugal pour celui de sa fille, avec l'accord de la mère. Sandra s'y était habituée, y prit goût, et c'est quand elle fit cela avec d'autres hommes que les choses dégénérèrent. Au « Café du Viaduc », un type lui dit :

« Et pourquoi tu lui as pas coupé les couilles, à ton père ?

— Quand même pas... Et ça me fait du bien, à moi aussi... mais des fois, c'est trop, et il pue. »

Le maire du village, gros propriétaire terrien, employait Sandra dans ses champs. Il lui ordonnait d'aller l'attendre dans sa cabane de chasse pour lui remettre son salaire. Quand elle refusait qu'il profite d'elle, il ne voulait pas lui donner sa paye :

« Le maire est vieux, il est mou, et prend son temps. J'avais froid. »

Elle nous racontait ça, et semblait contente de sa nouvelle vie à Elbeuf.

Ces pratiques de l'inceste, de la « famille tuyau-de-poêle » sont une tradition en Normandie.

Aux humains, bêtes de somme, ne reste que l'alcool, le cul et le foin pour dormir. Ce qui fit dire un jour à Tonton :

« Tu peux toucher à leurs culs, mais pas à leurs sous. »

Je pus, par la suite, le vérifier moi-même lors de mon incarcération à la maison d'arrêt d'Évreux. On envoyait aux assises de pauvres bougres de voleurs auxquels les jurés paysans infligeaient le maximum, et ceux qui comparaissaient pour viol bénéficiaient de la clémence de ces mêmes jurés.

Sandra tomba enceinte, sans savoir de qui. Elle travailla courageusement pour payer son avortement, chez une femme dont on prononçait le nom à voix basse.

Au « Café du Viaduc », ils se vantaient tous de l'avoir sautée. Un ouvrier maçon qui circulait en Motobécane marron dit un jour à propos de Sandra :

« Il faut l'avoir bien raide, comme une épée. Tu penses au taureau qui baise une vache. La Sandra, elle aime comme ça, tu le vois qu'elle jouit quand elle ferme les yeux et tord ses lèvres. »

Sandra ne voulait pas d'enfant. Deux avortements à moins de vingt ans ! Elle répétait n'avoir pas de chance d'être une femme ; qu'un homme, c'était mieux. Elle disait aussi « ne pas craindre les bites molles » et se vantait d'être physiquement forte comme un gars.

Entre Tonton et Sandra, nous nous doutions. Elle partait en camionnette avec lui et, plus tard, ils réapparaissaient souriants. Ce fut elle qui finit par nous donner des ordres pour les corvées à exécuter. La cour et le hangar devinrent son « chez-elle ». Tout y était en ordre. Tonton n'avait qu'à demander, qu'à commander. Une fois par mois, la camionnette chargée lourdement de ferraille et de métaux triés, ils partaient ensemble à Rouen, chez un récupérateur en gros à qui ils vendaient. Cela devint un rituel, un pacte entre elle et Tonton. Le soir, elle dépensait ses sous en picolant au « Café du Viaduc ». Les consommateurs éméchés l'attendaient pour échapper à l'ennui de ce quotidien où le plaisir s'absorbe dans l'alcool.

Ils ne sont qu'une fine couche de souille où Sandra la souillon excite leur saoulerie. Elle offrira fugitivement à l'un d'eux ses charmes, le temps que met une allumette à épuiser sa flamme. Le lendemain est une vieille dame qui ne chante plus et le travail un croc recourbé sur la peau des domestiques. L'alcool et la sensualité n'apportent pas l'oubli. Même les larmes de pauvres ont une odeur de pisse, de fatalité qui épouse l'humiliation. Seul le boucan leur tient lieu d'expression. Sandra joue, dans sa propre souricière, avec la corde du pendu, sa drôlerie vulgaire, abrupte, voltige sur un sol carrelé qui se dérobe sous ses pieds. Les étoiles ne stationnent pas au-dessus des latrines.

De cette aubaine de fin de mois, il ne lui restera que de quoi s'acheter un jean neuf et l'espoir que Tonton rapporte de ses tournées d'autres miracles à décortiquer, l'occasion de picorer le blé de la récup. En peu de temps, Sandra est devenue une véritable chiffonnière. D'un coup d'œil elle évalue le poids de cuivre qu'il y a dans une vieille cuisinière ou les montants d'un lit. Si elle vend un objet de récup, c'est moitié-moitié avec Tonton.

Nous, on se marre. Un jour elle s'essayait à mettre en marche la camionnette. Nous l'observions. Préalablement, nous avions positionné la tirette d'avance à l'allumage au maximum. Elle se prit un violent « retour » de manivelle sur la main. On se bidonnait. Sa main bleuissait à vue d'œil. Elle dit :

« C'est méchant, ces bêtes-là. »

La mécanique subtile était notre domaine réservé. Nous avons discrètement recalé la tirette d'allumage et, sous ses yeux étonnés, mis en marche au quart de poil. Ça lui apprendrait à se mêler de tout. Démarrer la camionnette était notre truc de gars. Sacré !

Les habits de Sandra, comme les nôtres, étaient sales. Mais une fille ? Avec les mains dans le cambouis, le visage noirci et graisseux pareil à un mineur de fond, les cheveux longs en plus. Elle maniait la masse et le marteau, désossait, réduisait une épave de voiture en stock de pièces détachées. Tonton lui disait :

« Lave-toi, je t'emmène en ville.

— Je suis propre, je me suis lavée ce matin !

— Maintenant, tu ne l'es plus...

— Je suis peut-être sale, mais avant je me suis lavée !

— Va te laver chez la mère Kno, sinon tu restes là... »

Tonton faisait avec Sandra ce que le père Lefrançois infligeait à Mme Lefrançois... Le sommier grinçait... Les ressorts couinaient et nous, l'oreille tendue, nous écoutions. Je fixais le sol à carreaux rouges, en terre cuite, épongés, usés, cassés, décollés. La pièce attenante à la chambre agonisait d'abandon. Les vitres cassées et le vent s'engouffrant achevaient de purger ce que ce lieu avait eu d'intime. Probablement la mère Kno, en son jeune âge, avec son homme, sous d'autres hivers, d'autres rayons de soleil... Tonton lui-même dut être conçu dans cette maison.

Il s'activait avec Sandra, l'enfourchait :

« Hé, tu me décharges pas dedans ? »

La voix de Sandra revenue à elle, partagée entre le plaisir et l'angoisse.

« Han ! han ! Mais non... mais non... Remue-toi, ma grosse. Rhàaa ! »

Elle soupirait d'aise. Les bruits du sommier couvraient les sons de leurs ébats. La voix de Sandra resurgissait, se raccrochant, refusant de descendre dans l'illimité du plaisir :

« Ah ! oh, oh... hé... si tu me fais un gosse, il faut vingt et un millions pour l'élever jusqu'à vingt et un ans.

— Arrête de jacter... tu m'coupes !

— Oui... continue, continue... Oui ! oui ! ohhh... »

Ces cochonneries de grandes personnes nous excitaient nous aussi. Il y eut un moment plus fort, et ce fut :

« Passe-moi la serviette, que je m'essuie ! »

Dans la chambre à Tonton, le tout-à-l'égout était hors d'usage. Nous comprîmes qu'il nous restait juste le temps de déguerpir aussi discrètement que nous étions venus.

L'épisode Sandra ne dura que quelques saisons. Elle disparut avec un type âgé qui possédait une auto, un imper, un chapeau et une cravate. L'homme, fraîchement débarqué dans les bouges d'Elbeuf, se disait employé sur le port de Rouen. Il rencontra Sandra au « Café du Viaduc » et commença à tourner autour. Tonton dit à Sandra :

« Il n'a pas l'air franc du collier, ton nouveau marlou !

— Mon nouveau marlou ? pas un vieux comme ça... »

Elle dit qu'il était gentil, mais qu'il pouvait courir longtemps après... Que c'était elle qui choisissait, ce n'était pas son genre. « Le genre d'un empaffé », lâcha Tonton...

Il flairait les hommes en animal qui flaire le piège. Bien qu'il ait bu un Pastis 51 avec cet homme, en douce, il dit à son copain « No-œil », surnommé de la sorte parce qu'il avait perdu un œil à la guerre :

« Je ne le renifle pas, celui-là... Tu sais d'où il sort ?

— Non, je crois qu'il pue le cogne. »

On vit l'homme former avec Sandra une drôle d'équipe. Il l'emmenait dans tous les bistrots d'Elbeuf. Elle désertait le travail aux Écameaux. Tonton en fut amer les premiers temps, puis soulagé.

L'homme prenait prétexte d'affaires avec les consommateurs, les loqueteux ; la pègre elbeuvienne. C'était un flic en retraite qui faisait de l'occasionnel pour ses copains de la Grande Maison. Des vols répétés venaient d'avoir lieu à la gare de triage de Saint-Aubin-lès-Elbeuf. Des conteneurs de marchandises disparaissaient régulièrement. La S.N.C.F. avait porté plainte. Les fins limiers se mirent à soupçonner ce qu'Elbeuf recélait de marge et de déshérités. L'ex-flic rouennais, bonnasse, en copain, fut chargé de « pénétrer » cette fange.

Un conteneur de couteaux de chasse venait d'être dérobé. L'homme se mit à proposer ces modèles de couteaux aux uns et aux autres, disant qu'il détenait un stock à vendre et qu'il cherchait un « fourgue ». Elbeuf n'était pas rompue à ce type d'organisation. Tonton eut vent du turbin, même si ce n'était pas son style de délinquance, il rehaussa le torse, fit celui à qui on ne la fait pas, et dit :

« Il débarque et nous prend vraiment pour des bleus. »

Le Rouletabille du troisième âge échoua dans sa mission et ce furent les gendarmes qui arrêtèrent le « gang redoutable », des employés de la S.N.C.F. qui arrondissaient leurs fins de mois.

Sandra avait quitté Elbeuf. On la revit quelques semaines après. Elle vint voir Tonton, changée, portant une robe et un ruban pour lui tenir les cheveux. Il lui dit :

« T'es mignonne comme ça... T'es toujours avec le poulet ?

— Oui...

— Pourtant, tu m'avais dit...

— Comment tu voulais que je fasse ?

— Tout sauf manger de c'pain-là ! »

Avec l'homme, elle quitta Elbeuf. Elle voyagea, « pour la première fois de sa vie ». Elle visita Paris. Il l'emmena dans le Sud, où il possédait une petite maison. Elle vit la mer et le sable. Elle déjeuna au restaurant. Il lui offrit des cadeaux, une robe, des bas, du rouge à lèvres. Elle n'était plus obligée de trimer comme un homme. Elle pouvait dormir dans des draps. Dans la bicoque, il y avait une télé, un électrophone, un réfrigérateur. Elle dit :

« J'bois plus.

— C'est bien.

— Et je manque de rien, j'ai changé... »

Elle s'inquiéta de savoir si un homme de soixante ans pouvait encore faire des enfants. Le type lui avait dit que non. Elle voulait qu'on lui confirme. Il lui fut répondu qu'un homme de cet âge pouvait faire des enfants. Ses yeux tournèrent, un vent de panique l'envahit et ses joues se mirent à rosir.

« Il t'a parlé de nous, de moi ?

— Bah oui, il ne t'aime pas, mais je t'ai toujours défendu.

— J'en suis sûr.

— C'est lui qui me disait toujours : " Je vais te sortir de là, tu seras comme ma fille. " Maintenant, je suis comme sa femme. Ça me fait honte, y a quarante ans d'écart entre nous.

— C'est la vie. C'est bien d'un côté pour toi, et de l'autre c'est moche. Enfin, c'est pas mes oignons. Si c'était pas un flic, j'en dirais rien. Un flic n'est pas un homme comme les autres, ça espionne, ça calcule tout et ne fait plus confiance à personne, ne connaît plus personne. Une race à part... Tu verras, ma pauvre...

— Comment voulais-tu que je fasse ? »

Elle raconta qu'il l'avait emmenée dans le Sud sans lui demander son avis, qu'elle devait dormir chez des amis. Il lui « avait rincé la gueule ». Elle s'était retrouvée seule, loin d'ici, dans le même lit que lui :

« Alors, comment voulais-tu que je fasse ? »

Pour elle, il s'agissait de la fatalité, du destin. Son univers brisé. Sans les copains, sans l'alcôve du bistrot, le cocon crasseux des Écameaux. Si elle avait été dans l'ambiance, elle aurait su quoi dire et l'aurait envoyé se faire voir. Il lui disait :

« Repars chez les voleurs, tu finiras en prison ou chez les putains. »

Il payait tout. Elle ne voulait pas être ingrate...

« S'enfuir d'un endroit pareil, qu'on ne connaît pas, et sans argent ?

— Tu t'es vendue, Sandra, lui dit Tonton, tu es courageuse physiquement, mais tu n'as pas de caractère. Ça te jouera des tours. »

Elle resta muette, regarda les Écameaux, la colline où elle passerait dire bonjour à son oncle, et du mutisme où elle s'enfonçait, perdue, ses yeux grands ouverts avec le vide et l'étonnement d'un nouveau-né, une phrase monta entre elle et Tonton :

« Mais qu'est-ce que tu voulais que je fasse ? »

Nous attendions le samedi soir comme l'Eldorado. La raison d'être jeune c'était ce zénith, le « samedi soir ».

Dans la Normandie froide il y avait alors les rengaines du bal populaire, les filles de ferme dans leur rôle de dentellière, la sueur, la salle des fêtes ou le parquet en bois d'une guinguette sous chapiteau, la bière, le mousseux, les frites, le feu d'artifice, le stand de tir à la carabine et les hordes de Mobylette, pseudo-blousons noirs en pantalons pattes d'éph, chemises à pois noirs, foulards, la coiffure banane, le Perfecto et le regard fier.

La vague yéyé submergeait les diplodocus de l'accordéon qui essayaient de se recycler rock and roll et twist again. Les robes à froufrous sortaient de la naphtaline pour le flirt inespéré. C'est avec un appétit d'ogre que nous foncions vers cette pente savonneuse. Le temps des idoles commençait. Je fus un fan d'Elvis et d'autres, ignorant qu'à La Havane les *barbudos* et le Che, eux, rêvaient d'une tout autre déferlante. Nous avions notre petit monde d'excités sans réelles doléances. La France était en guerre contre l'Algérie, et nous, nous étions en fête.

Parmi nous se trouvait un artiste : « Catin ». Ainsi surnommé à cause de son patronyme, Catelinais. Nous étions ses mécanos attitrés. Nous lui réparions ses voitures pourries afin qu'elles puissent faire la route pour nous sortir. Catin le fêtard écumait tous les bals de la région.

C'était un bonimenteur astucieux. La drague était l'objet de nos tourments. Nous nous rabattions sur les filles de la campagne, peu farouches. On les abusait. Tout était mis en œuvre pour parvenir à nos fins, et après, on s'en moquait.

Catin, tiré à quatre épingles, se présentait à l'entrée du bal en disant :

« Je fais partie de l'orchestre, mes amis aussi, laissez-nous passer. »

Ce vieux coup de bluff réussissait et nous économisait le prix du billet d'entrée. Mon frère Jean dansait avec une fille. Catin faisait semblant de le rencontrer fortuitement :

« Comment vas-tu ? Bah dis donc, elle est mignonne ta fiancée ! »

La fille rougissante :

« Euh, on s'connaît à peine...

— Alors, faites attention à votre porte-monnaie, mademoiselle !

— Pourquoi il dit ça, ton copain ? D'ailleurs, je n'ai pas de porte-monnaie.

— C'est un jaloux, il est con », répliquait Jean.

La parade, lorsque Catin le beau parleur venait nous casser un coup, était de le devancer en lui disant : « Tiens, t'es sorti de prison ? » Il se marrait : « Très fin, très fin, bien joué, monsieur Jean... » Il mit au point une contre-parade dans le genre : « Eh oui, je suis sorti de prison, juste après toi... » On dut élaborer d'autres reparties :

« Et ta maladie, Catin ? »

Là, il n'insistait pas. La fille :

« Il est malade, ton copain ?

— Oui...

— De quoi ?

— Oh rien, une maladie sexuelle...

— Ah, ben, j'risque pas d'aller avec lui...

— Mais avec moi, tu peux... »

Elles font semblant d'être niaises et se marrent. En fait, elles en connaissent un rayon, ces filles de la campagne qui rêvent de tomber amoureuses d'un beau gars de la ville et de partir avec lui en lune de miel. Le gars de la ville l'enlace, lui dit qu'elle est belle, qu'il ne peut plus se retenir, qu'il a envie d'elle, tout de suite : « Allez, laisse-toi faire... » Elle succombe plus facilement que les filles de la ville.

La sous-espèce que nous sommes joue les bandoleros le samedi soir. Boire, bander, baiser et ne pas être une femmelette avec les bouseux.

Catin est ainsi, le pifomètre scientifique et le verbe d'un monsieur de la ville. La police lui court mollement après pour l'incorporer et l'expédier à la guerre en Algérie. Cette guerre est en train de s'achever et Catin cavale au grand jour. Il aime échapper aux flics. Deux ou trois courses-poursuites à son avantage lui ont donné du prestige auprès des filles. Il sait qu'il peut compter sur notre solidarité.

Incontestablement, Jean emballe plus que nous. Gentil et beau mec. Nous l'observons de la buvette, il roule palot sur palot tout en suant un slow. Avec la fille enlacée à son cou, il vient nous emprunter les clefs de la 4-CV ou celles de la 203. Nos caisses du moment (les voitures de Catin sont également les nôtres). Catin sourit en imitant James Bond et me dit :

« Il va se la faire.

— Et nous, on va s'faire la veuve poignet, si on continue de picoler. »

La suite est immuable. Nous l'avons tous vécue et Jean plus souvent que nous. Il l'emmène faire un tour dans la campagne vers un coin tranquille où il lui roule une « gamelle », et la main descend sous la robe avec plus ou moins de bonheur. C'est pas du cent pour cent. Fiasco et bide font partie du lot. La fille résiste un peu. La main affleure la petite culotte, passe dessous, et si elle « mouille », c'est bon. On passe à l'arrière de la voiture. On laisse la portière ouverte. Elle s'allonge sur la banquette, relève sa robe, écarte ses jambes. C'est bon, vingt dieux, que c'est bon ! Jean revient une heure après, la fille est toute souriante, lui-même arbore un faux air de conquérant, de maître du monde, et après avoir vidé ma bière, me donne les clefs et s'en retourne danser joyeux. Catin et moi on se regarde comme deux cons. Il dit :

« C'est pas tout, mais je vais aérer la gosse.

— Arrête tes conneries », lui dis-je.

Rien à faire, discrètement, il déboutonne sa braguette et pisse le long de la buvette. Au passage, il arrose le pantalon d'un type qui le serre de près et lui dit en rigolant, l'air franchement de se foutre de lui :

« Excuse-moi, mon vieux, la bibine, la bibine.

— Quel con, ce mec ! »

On se poile la gueule avec lui.

Sur le banc du bal, les filles grosses et laides sont à l'abandon. Ces bals ressemblent au marché aux bestiaux... Tant d'innocence confond. L'inévitable premier bal. Elles attendent, sages et polies, qu'un gars vienne les inviter :

« Vous dansez, mademoiselle ? »

La fille se lève, tire sur sa robe et tend ses bras autour du cou afin de marquer la distance avec l'inconnu.

La lumière se tamise et le clown à paillettes, vissé au tube du moment, égrène le « *Oui, oui, ma jolie, nous ferons le tour du mon-onde, avec mon trois-mâts, ma jolie, oui, oui, oui, va mon bateau, pour elle et moi claque ton mât.* »

De mon poste d'observation, je vois Jean, franchement amoureux, qui tient la fille par la taille et roucoule, et Catin, à côté, qui tente de s'immiscer. Jean l'aperçoit, il rigole. Maintenant qu'il sait qu'on l'observe, Catin commence son numéro. Subitement il met ses mains autour de la taille et tente d'embrasser fougueusement sa cavalière qui résiste en fixant les lampes tamisées. Il colle sa joue sur la sienne. Elle rougit jusqu'aux oreilles. Catin ferme les yeux, parodiant l'amour, et esquisse sur elle la danse du tamouré, non, il fait semblant de baiser debout avec elle, très sérieusement. La fille perd ses moyens et n'ose partir. Elle devrait. Dès que la lumière revient, il déboutonne son blazer et lui montre son vit en érection : « T'es une bonne, toi, qu'est-ce que tu me fais bander. » Là, la fille craque et quitte la salle en pleurant. Provocation triviale, mitonnée de graveleux. Le mauvais goût farceur. Tel est Catin, cinglant de bêtise. Aux filles riches, il offre des fleurs et compose des poèmes. Mille fois il a dit langoureusement, les yeux dans les yeux :

« Je voudrais être une larme, naître de tes

yeux, vivre sur tes joues, et mourir sur tes lèvres. C'est beau, hein ?

— Oh oui...

— C'est ce que je ressens pour toi, si, si, mais bien sûr, bien sûr, je t'aime. »

Il dit « bien sûr » à chaque bout de phrase. Avec aplomb. Une fille lui a posé un lapin, il frappe à la porte de chez nous, Gaby le rejette d'entrée :

« Toi, viens pas chez moi, tu m'débauches mes gars. »

Sans se démonter, resté en plan avec ses fleurs, il les offre à Gaby.

« C'est pour moi ?

— Bien sûr...

— C'était pas pour une de tes traînées ?

— Vous me jugez sévèrement, madame K., moi je suis l'ami de vos gars et c'est ma manière éduquée de vous témoigner mon estime et mon respect.

— C'que t'es baratineur, toi...

— Bien sûr que non. »

Du coup, Gaby lui propose de prendre un jus :

« Eh, rentre, la Catin. C'est parce que t'es toujours sur ton trente et un qu'ils t'appellent la Catin ?

— Non, madame K... C'est une contraction de mon héritage patronymique.

— Tu peux pas causer comme tout le monde ? »

Un soir, Catin nous emmena au bal des boxeurs, à Pont-Audemer, près des côtes normandes, en pays de Caux. Nous eûmes peu de succès avec les filles. Éméché et par dépit, notre cornac en java commença à haranguer les adeptes du noble art. Il disait à un champion local : « Je joue avec toi, mais bien sûr, je t' calcule pas. Je joue avec toi. » Le gars et ses copains s'énervaient et s'apprêtaient à relever le gant. Les filles s'attroupaient et le combat était sur le point de commencer, mais l'assurance tranquille de Catin inquiétait ses adversaires, et l'intervention de Jean vint la renforcer. Il prit Catin par le bras et prononça ces mots :

« Allez, laisse tomber, tu vas perdre ta licence.

— Et l'autre, avec son pif d'abruti, il va se relever... Rien à foutre de perdre ma licence.

— Quelle licence ? demanda l'un des boxeurs.

— Karaté », répondit Jean.

Comme une nouvelle marque de savon, en ces campagnes, ce mot signifiait surhomme. Catin endossait l'imposture, la virilité combattante, harnaché de ce fatras d'outrecuidance, d'orgueil de paraître ce qu'il n'était pas.

« Ah bon ! calme-toi, mon gars, bois un coup ! »

Fier de lui, il devisait au comptoir, inventant tout un langage technique et clignant de l'œil à l'entourage féminin.

Le coup de la licence ne marchait pas toujours.

Dans un autre bal. Licence, pas licence, un paysan jaloux de voir qu'on séduisait les filles du village vint nous chercher des crosses. Quelle injustice ! Pour une fois que ce n'était pas Catin qui ouvrait les hostilités ! Des coups partirent et nous dûmes nous enfuir précipitamment. La traction avant qui nous véhiculait rechignait à démarrer, les culs-terreux s'activaient dessus ; les uns soulevaient l'arrière, d'autres menaçaient de la mettre sur le toit.

Elle démarra au bon moment et Jean embraya rageusement sur les pieds de nos agresseurs qui durent lâcher prise. En cours de route, nous orientant vers un autre bal, nous en rigolions :

« Ah ! la vache !... on a failli s'en prendre plein la gueule pour pas un rond. »

Le samedi soir était ludique et rassasiait quelque peu notre soif d'aventure et d'émotions fortes... et charnelles.

Toujours avec Catin, nous déboulâmes en bringue à Paname. Nous disions :

« Ouais, ce week-end, on s'est fait une virée à Paris.

— Ah bon... Raconte ! »

Le mensonge embellissait le récit. Paris, les femmes, les night-clubs. La vraie vie, quoi... Tout ce qui n'avait pas été vu devenait notre spécialité. La tour Eiffel, l'Arc de triomphe, c'était l'imagination de chacun. Nous finîmes par y aller et ces augustes monuments nous laissèrent de glace, béotiens impénétrables aux œuvres de l'histoire. À part flâner sur l'asphalte, aveuglés par les lumières, les incessants mouvements d'automobiles, le peu que nous restâmes à Paris, nous nous y fîmes flouer. La voix d'un chauffeur de taxi, typiquement parisien, à cause de notre immatriculation en 27 lança ce trait d'esprit : « Alors, la betterave, tu laboures ou quoi ? » Le temps que nous ayons compris, il avait disparu dans la circulation.

Dans ce désert de la capitale où nous cherchions fortune, avec l'apparence faussement soignée du costard-cravate propre et du trou sous les souliers, un petit creux à l'estomac nous mena dans un restaurant. Nous commandâmes de la boustifaille pas chère. Les Parigots levaient à peine la tête, sans ciller, les yeux dans le vague, inertes.

D'autres vociféraient, s'apostrophaient à grandes bourrades. Ils n'étaient pas ce que nous étions. Debout au comptoir, *Paris-Turf* dans la poche et les pieds dans la sciure, le Parisien a son titre de Parisien, et sa morphologie, ses gestes, sa gouaille, et ses habitudes. Le clocher normand devait se voir en nous, par la timidité, le côté mal à l'aise. Sauf Catin, le type même de celui qui s'adapte partout.

Nous venions chercher l'aventure dans ce Paname qui nous dévoilait son écrasante banalité. Multitude dans la multitude...

Le garçon nous porta l'addition dans une soucoupe. Force nous fut de constater que la bectance ici n'était pas donnée. Bien que raclées, nos poches ne purent réunir la totalité de la somme due. Nous replongeâmes dans nos fouilles. Catin sentit monter l'angoisse, et lui, l'homme des situations et des coups fumants, se mit en devoir de nous sortir de l'ornière. Il réfléchit très vite et dit :

« Bon, donnez-moi l'argent et sortez discrètement les uns après les autres, moi je vais rester, rendez-vous à la voiture. »

Nous sortîmes, pantois et béats d'admiration et de confiance envers notre compagnon.

« Je vais régler le problème. » L'une des expressions clefs de Catin était : « Quel est le problème ? » Il se sentait fort d'avoir réponse à tout.

Il appela le louffiat et lui fit répéter la somme exacte, puis sortit l'argent de sa poche et, tranquillement, commença à compter. Quand il fut au bout du compte, l'argent sous les yeux du serveur, il dit :

« Excusez-moi, monsieur, mais je n'ai pas la somme exacte sur moi, je vais demander à mes amis... »

Catin se leva, rajusta sa cravate, remit l'argent dans sa poche et ajouta avec un sourire rassurant :

« Attendez-moi, je reviens tout de suite. »

Dès qu'il fut dehors, il marcha quelques mètres et se mit à courir. Parvenu à la voiture, nous rigolions tous :

« Ah, Catin, t'en as dans la gueule, toi !

— Maintenant, on peut même se payer un pot ailleurs, allez démarre. »

J'ai revu Catin en 1982, soudé à Elbeuf : « Bien sûr qu'il me reconnaît. » Il vit du chômage, de congés-maladie, boit comme une éponge, cumule les cures de désintoxication. Son nez est rouge violacé, son ventre bedonnant, ses fringues crades. Clochard, semi-clochard et alcoolo chronique. Il vit seul, son père et sa mère ne sont plus. Il me fait la fête et braille en disant :

« Dis t'souviens-tu, ce coup-là... Et untel, il s'est tué en bagnole... On n'est plus jeunes, c'était le bon temps !... à part qu't'es déplumé, t'as pas changé, ça conserve la taule, hein ? »

Là, je tique. La taule lui a ouvert ses portes pour les hivers difficiles. Il rôde la nuit dans Elbeuf et vole le linge sur les étendoirs. C'est tellement notoire que les femmes lui donnent la pièce afin qu'il boive un coup, mais à condition qu'il ne vienne pas voler le linge. Il promet et vole quand même, entasse le linge dans un carton et s'en va le vendre à Rouen au marché aux puces. Mais dans sa dégradation, il garde son sens de l'esbroufe. Il emmène une pauvre fille à moitié alcoolique comme lui dans la cave où il squatte. Elle lui reproche l'inconfort du lieu et menace de s'en aller. Il dit :

« Mais non, c'est chez moi, j'suis propriétaire de l'immeuble... Mais j'ai pas d'argent pour faire les travaux... Bien sûr, tiens, ça vaut des sous ! »

Je le trimballe en voiture, il s'installe à l'arrière où traînent ma veste et mon portefeuille. L'amie qui m'accompagne me dira l'avoir vu fouiller ma veste. Je réussirai de justesse à récupérer mes papiers, lui promettant de garder pour lui les quelques tunes qui s'y trouvaient. Il me répondra l'avoir ramassé par terre sans penser que c'était le mien.

Catin, Gatsby le Magnifique. Le revoir vingt années après, en une existence si misérable, balayait en moi le peu de regrets d'avoir pourri si longtemps en prison. Les ruptures et les refus s'imposaient d'eux-mêmes. Il m'apparaît plus digne de crever en prison que d'être clochard ou esclave.

« Dis, t'souviens-tu d'ma 203 décapotable ? »

Si je m'en souviens ? Un monceau de souvenirs refait surface. La mémoire se loge en nous.

Aujourd'hui et demain sont à vivre... Catin, autrefois élégant d'embrouilles et de démerde, doit certainement son malheur au fait d'être resté à vie dans une ville qui, comme toutes les villes, programme l'exclusion et la clochardisation de ceux dont la tête dépasse du rang.

Nul besoin de se réveiller transformé en vermine comme dans le livre de Kafka. L'escogriffe au rêve simple et au babil de représentant n'eut qu'un crépuscule. Il fut le passant de ses propres rêves. Les gratte-culs des normes et de l'ordre ne lui ont laissé que les caves et les bords de la ville pour cultiver ses propres immondices, son pet foireux, sa corde au cou.

La 203 décapotable ? Nous étions tous partis en bringue à la fête du Neubourg. Un soleil brûlant, des voitures partout, une foule de gens, des enfants avec des gaufres, un cornet de glace, un pompon de marin, des confettis. Des hommes et des femmes endimanchés regardaient les autos passer, avec la grand-mère qui musarde sur le bas-côté de la route, le garde champêtre qui règle la circulation, les forains, les manèges et la tente dressée où l'orchestre local anime la polka-apéritif. Un bourg, une populace qui se détend. Le loisir géré et nous, pour y participer en cherchant l'azur. Catin nous avait repassé sa vieille traction avant qu'on conduisait à tour de rôle, sans permis, et qui transportait tout ce qu'Elbeuf comptait de copains et de copines de bistrot. À l'entrée du bourg, la circulation bouchonnante nous contraignit à rouler au ralenti. Catin en profitait pour saluer la foule. Nous faisions de même :

« Tiens, v'là la bande d'Elbeuf. Y roulent déjà en auto, ceux-là ! »

La 203 décapotée, la main longeant l'extérieur de la portière, chemise blanche et cravate, le transistor installé sur le tableau de bord et deux filles en robe d'été à ses côtés : le play-boy, quoi !

Dans ce brouhaha festoyant, une Simca venant en sens inverse stoppa brusquement. Stupeur ! C'était l'inspecteur Gomez, du commissariat d'Elbeuf, venu à la fête avec sa petite famille. Il venait de reconnaître Catin. Le sens du devoir à fleur de peau, son sang ne fit qu'un tour, et il essaya de l'appréhender. Catin tenta vainement de dégager sa 203, mais celle-ci, bloquée par la circulation, ne put se frayer un passage. Il ouvrit prestement la portière, abandonnant véhicule et filles au milieu de la chaussée, et s'enfuit en courant dans la foule. L'inspecteur le prit en chasse, bousculant sur son passage les étalages des forains. Comme dans une série B, Catin parvint à le semer.

Pendant ce temps, restés sur place et

n'ayant pas été vus par l'inspecteur, nous réussîmes à manœuvrer discrètement notre voiture et à disparaître. Nous garâmes la traction avant derrière l'église et nous quadrillâmes la fête à la recherche de Catin. Caché dans les W.-C., ce fut lui qui nous aperçut :

« Merde, ma 203, faut essayer de la récupérer.

— Impossible, Gomez l'a confiée au garde champêtre. Les gendarmes vont venir en renfort, mieux vaut changer de coin. »

Nous partîmes par les petites routes de campagne. Catin faisait le compte des P.V., de la rallonge du retrait de permis qu'il allait écoper. Notre virée venait de tourner court. La gendarmerie fit embarquer la 203, ce qui intriguait : « Tiens la 203 à Catin, qu'est-ce qu'il a encore fait ? » Les filles furent questionnées, hébétées de s'être retrouvées mêlées à cette aventure et affranchies sur Catin par l'inspecteur Gomez. Cette délinquance mineure, relevant d'infraction au code de la route, prenait une dimension disproportionnée. Nous en rigolâmes entre nous. Sauf Catin, pleurant sa belle 203 qu'il venait d'acheter à croume. Sa spécialité... Avec une seule traite, le baratin, l'aspect soigné et rassurant, il embrouillait le vendeur qui consentait à lui céder la voiture.

Idem en ville, devant certains magasins, Catin changeait de trottoir. Le commerçant du « Comptoir aux vêtements » lui cavala après pour essayer de récupérer le beau costume bleu nuit que Catin portait sans l'avoir payé.

Idem pour les restaurants et bistrots. Son réflexe lorsqu'on lui proposait d'y aller : « Ah non, pas chez lui ! » On comprenait et compatissait. Les ardoises et les crédits s'empilaient sur sa tête. La maréchaussée d'un côté et les honnêtes commerçants de l'autre lui fléchaient des itinéraires tricards.

La 203 fut remisée devant le commissariat d'Elbeuf et Catin était toujours recherché. Une fois, en pleine nuit, nous sommes allés la récupérer au nez et à la barbe des flics. Ces derniers l'avaient délestée de sa batterie et de sa tête de Delco. Nous nous procurâmes les pièces à la casse, remontâmes le tout sur place. La 203 reprit le maquis. Comme nous étions suspectés d'avoir aidé Catin dans cette prouesse mécanique, la police elbeuvienne nous fit les ennuis d'usage. Mais sans preuves, elle n'eut pas nos aveux.

La 203 roulait en dehors d'Elbeuf, le plus souvent la nuit, toujours avec des filles dedans. Tous feux éteints, elle venait se glisser, comme un squale, derrière chez nous. Lassés de la voir forcer leurs barrages, les gendarmes finirent par cribler de balles ses ailes et ses pneus. C'en fut fini d'elle. Ce jeu dura trois mois. Catin arrêté déclara qu'on la lui avait volée. Le président du tribunal fit observer que si on la lui avait volée, c'est que lui-même l'avait récupérée illégalement, sinon, comment aurait-elle pu lui être volée ? Il fit un mois de prison en maugréant... Son permis fut suspendu pendant six ans et les amendes chiffrèrent un maximum.

Nous commençâmes à jouer les monte-en-l'air sans ménager notre audace. Nous allions aux bals dans des voitures volées. On imitait les plaisanteries de Catin. Nous disions aux filles :

« Vous êtes dans une voiture volée. »

Elles souriaient :

« Bah, du moment qu'on se fait pas prendre !

— Avec nous, vous ne craignez rien...

— Avec vous, qu'est-ce qu'on se marre, vous êtes drôlement gonflés.

— Des durs ! des vrais, tu veux dire... »

Un mois plus tard, nous sommes allés chercher Catin à sa sortie de prison, devant la lourde porte de métal. Il n'avait rien perdu de sa superbe. Dans son costume bleu nuit, fraîchement rasé, le visage un peu blanchi, il nous raconta la taule, la bouffe dégueu, les matons vachards, le mitard, le guichet dans la porte de la cellule, le droguet pénal en guise de vêtement, la tinette à merde qu'il faut sortir tous les matins et le travail sous-payé : des étiquettes à enfiler par lots de mille et qu'ils te rétribuent pour juste de quoi cantiner un paquet de tabac gris.

Le samedi soir, nous nous retrouvâmes à la salle des fêtes de Saint-Aubin-lès-Elbeuf, au bal des pompiers. Les filles venaient prendre des nouvelles de Catin. À une table, l'inspecteur Gomez discutait avec son épouse et surveillait discrètement la bande et le récent libéré.

La Bible définit ainsi le vol : « Accumulation de choses dont on n'a pas besoin. » Je suis né crotté et dégoulinant de crasse. Maintes fois j'ai arpenté les rues dans l'espoir d'y trouver un portefeuille garni de billets de banque. Ma poitrine cognait, mes yeux exprimaient la détresse à la devanture d'une pâtisserie où le mille-feuille obsédait mon estomac de mal-nourri, de mal-logé. La hardiesse du voleur s'imposait à moi. Le fils du boulanger zozotait à l'école, il avait des grosses joues rouges, une démarche difficile, un cul lourd de coussinets de graisse. Il cherchait son petit pain au chocolat que j'avais bouffé. L'instit me suspecta parce que j'avais ce jour-là dédaigné mes tartines à la graisse de cheval, mon goûter à moi.

Je maudissais mes vêtements des Petites Sœurs des pauvres et mes mains vides. Les coins sombres, l'obscurité rôdaient en moi, limaille d'humain. Comment se procurer une autre vie ? « Le vol est une remise en cause du système... Une reprise individuelle sur le capital, une réappropriation de la sueur des parents... On condamne spectaculairement le vol pour mieux dissimuler une forme de vol, celui de l'existence humaine. » Ainsi raisonnaient les anarcho-syndicalistes. Ceux du temps où les grandes menées syndicales prônaient le sabotage des usines, où la presse digne de ce nom avait pour titres : *Le forçat, L'En dehors, Le Bagnard, Le Cri du peuple.*

Le temps où Victor Serge et Marius Jacob refusaient de se lever devant leurs juges : « Vous aussi, vous pouvez vous lever devant nous. » L'esprit de Georges Darien, de Jean Genet, de tant d'autres.

Foin de ces lectures d'après la Commune de Paris. Ma rencontre avec la jungle humaine mettait dans mon berceau une serrure à forcer. Il ne m'aurait pas déplu d'être baptisé avec une pince-monseigneur. Entre brebis et chiens, je fus chien... Je revendique de larges et légitimes circonstances atténuantes. Que dis-je, elles se légitiment d'elles-mêmes.

Tonton venait d'épouser Gaby. On nous appelait les gars K., alors que l'état civil nous attribuait le nom de jeune fille de Gaby. Ainsi nous changeâmes de nom pour devenir de vrais K. Nous avions entre quinze et seize ans et nous fûmes les témoins du mariage de Tonton et Gaby. Il régularisait une situation de fait, afin de faciliter les démarches administratives. Le baraquement se mit à pavoiser, voisins, oncles et tantes furent conviés. Des oriflammes sur notre vécu inachevé et la trompeuse magnificence d'une cérémonie, l'épousaille des rites sociaux.

Tonton se sentait partir. Sa voix assurée et virile devenait saccadée. Ses yeux d'une tristesse froide lorsqu'il disait :

« Je sens que je vais partir. »

Son corps semblait se rapetisser, ses gestes ralentis. La vie le lâchait, elle fondait sur lui. Nous n'en avions nulle conscience. Lui-même tenait son mal secret. Il devenait gauche et déséquilibré. Ses expressions n'étaient plus les mêmes. Il lâchait prise dès qu'il soulevait un poids trop lourd et mettait sa main sur son palpitant.

Il eut un jour une violente et douloureuse crise d'infarctus et dit : « Je sors. »

Le crissement des pneus sur la chaussée nous fit sortir du baraquement. Il venait de s'allonger face à la descente du pont, là où la circulation est rapide. Un automobiliste l'évita de justesse et cria au fou.

Il fut hospitalisé d'urgence à l'Hôtel-Dieu de Rouen. Les toubibs ne cachèrent pas qu'il revenait de loin. C'était la deuxième fois qu'il allait à l'hôpital. La première fois pour abus d'alcool. Cure de désintoxication. Durant ce précédent séjour, les gendarmes vinrent l'entendre sur procès-verbal, l'accusant d'avoir forcé un contrôle de police avec sa Frégate Renault. Les pandores conclurent qu'une autre personne avait dû utiliser son véhicule pendant l'hospitalisation. C'était nous les coupables, le frangin et moi. La soudaine suspicion de son regard vers nous en disait long :

« C'est pas nous, Tonton ! »

Plus nous grandissions, et plus nous prenions de l'assurance par rapport à lui. Nous l'appelions Tonton, comme un copain. Il essayait de nous remettre à notre place en nous disant : « Je suis votre père. » Peine perdue. C'est ainsi que les rôles finirent par s'inverser ; c'était nous qui maintenant débauchions Tonton pour l'emmener dans nos actes délictueux. Rien de bien méchant encore. Lors de cette seconde hospitalisation, il fallut continuer à faire bouillir la marmite. Pour cela, nous le remplacions dans les ramonages et autres travaux. Nous roulions, comme des grandes personnes, sans permis. Nous bossions aussi comme des grands et donnions l'argent à Gaby. Les premiers temps, les choses allèrent plutôt bien. On ne rechignait pas au chagrin, aux tournées de ramonage. Les thunes entraient à la maison. Gaby était contente. Jusqu'au jour où nous fûmes dénoncés parce que nous conduisions sans permis. Les flics mirent la camionnette en fourrière.

La camionnette avait été repérée à plusieurs endroits. Des témoins nous accusaient, affirmaient nous avoir vus au volant. Nous, on osait ! on bricolait, on volait.

Quelle peste... Le choléra ! À ces questions policières, nous répliquions bien avant l'heure par le droit au silence de tout inculpé. Tonton nous serinait constamment :

« Les flics ont le droit de poser toutes les questions qu'ils veulent, et toi, tu as le droit de ne pas y répondre. »

À sa sortie de l'hosto, Tonton aurait des comptes à rendre. Dans l'immédiat, nous étions confrontés à cette brutalité tranquille de la loi.

Inlassablement, Gaby se lamentait : « Qu'allons-nous devenir ? »

Le samedi matin, Gaby sort ses habits propres de l'armoire. Elle enfourne des provisions dans son sac, recommande la garde de la maison à Élise, ma sœur aînée, et part en car jusqu'à l'hôpital de Rouen pour rendre visite à Tonton. Le frangin et moi faisons le même trajet en Vespa. Tonton est dans un lit blanc, bien rasé, en pyjama (lui qui n'en a jamais porté) et dit sa hâte d'être rétabli pour sortir de là, où il est comme au placard. Son voisin de lit vient de clamser et la manière dont les infirmières ont évacué le corps lui fait froid dans le dos. Il se sent bien, a de nouveau envie de vivre et, quitte à crever, tout sauf l'hosto :

« Ils sont pires que des gaffes, ici. »

Il assimile les infirmières aux matons et déplore l'interdiction qui lui est faite de fumer.

Gaby se tourne vers nous et lui dit en souriant :

« On se débrouille, t'as pas à t'inquiéter, tes gars se sont fait embaucher sur le port comme dockers.

— Qu'est-ce que tu me chantes là ? Ils sont encore mineurs ! »

Nous intervenons pour dire que nous avons menti sur notre âge. Il demeure sceptique, et Gaby rajoute qu'on gagne bien, qu'on lui donne nos sous. Il fronce les sourcils.

Cet hôpital est un immense navire chargé de corps abîmés. Les blouses blanches et la lumière aveuglante, les salles, les lits, les couloirs. Venir mourir ici, emmaillotés de pyjamas collectifs, sur lesquels certains ont bavé et que la laverie centrale redistribue. Les Goliath de la médecine sont avides de mort propre.

Le réfectoire pour les plus valides, à l'heure de la soupe. La mort est une pesanteur qui s'inscrit, se répète, se voit et que l'indifférence banalise. Les cris, les plaintes d'un malade.

S'abréger ici, dans les draps d'une chambre ou d'un dortoir. Manège sans fin de l'incompréhension et du non-dit. Dans le regard de certains vaincus alités se lisent déjà les notes de l'harmonium du curé qui fera son travail. Se plaindre, gémir, se raidir en viande froide dans un monde froid. L'homme, mon semblable ?

Comment se gorger d'illusions dans cette grande maison où crépitent les râles des tuberculeux devant le charmant sourire rouge à lèvres de l'infirmière, rémunérée pour accompagner humainement le trépas ? La mort n'a qu'un œil, une seule direction. Alors, pourquoi est-ce que les gens ne vivent pas, n'ont ni existence, ni exigence de vie, ni projet de vie et défilent sur leur liste d'attente ?

Nous attendons que Gaby s'en aille, qu'elle ne rate pas son car, pour rester seuls avec Tonton. Nous sommes ses fils, ses gardes du corps. Gaby nous recommande de ne pas le fatiguer. Dans son regard à lui : « Comment, me fatiguer, moi ? Enterre-moi, pendant que tu y es. » Même s'il n'est plus le maître, il a à cœur de croire qu'il l'est. Pour briser le silence qui suit le départ de Gaby, le frangin lui demande :

« Dis, tu sais ce que ça veut dire, “ sodomiser ” ?

— Quoi ?

— Sodomiser, oui, c'est un mot qui me tourne dans la tête.

— Ah bon. »

Je jette un regard à Jean. Mais Tonton le relance :

« Pourquoi tu me demandes ? y a un pédé qui tourne autour de toi ?

— Non, c'était sur une lettre.

— Quelle lettre ?

— Une lettre qu'on a trouvée dans un coffiot.

— Quel coffiot ?

— On a tapé le coffre du séminaire, ici, à Rouen. »

Jean se marre alors que Tonton manque de s'étrangler. Il se redresse sur son oreiller, met la main contre son palpitant et respire lentement.

« Ça va pas ? »

Il dit « ça va », la voix complètement étouffée.

« Tu veux qu'on appelle l'infirmière ?

— Surtout pas, j'vais mieux... »

Nous l'aidons à se recaler dans le lit, il récupère doucement. J'engueule Jean, lui reproche sa connerie. Revenu à lui :

« La lettre, pourquoi ?

— Les lettres, elles étaient dans le coffre avec des bites en caoutchouc, et dans l'une des lettres, j'ai lu ce mot que j'ai pas compris. »

Tonton reste silencieux, le temps de comprendre, et dit :

« Y avait des sous avec ?

— Oui.

— Combien ?

— 200 sacs !

— 200 000 francs... anciens ?

— Oui, anciens.

— C'est pas mal, où avez-vous mis l'argent ?

— Bien planqué... Il nous reste 150 000, on en a donné à Gaby. On lui fait croire qu'on travaille sur le port et on vient de s'acheter une nouvelle Vespa. Gaby croit que c'est l'ancienne qu'on a retapée et repeinte...

— Vous allez vous retrouver en taule pour longtemps, y aura plus personne à la maison.

— Y avait un gros crucifix. Je crois qu'il est en jonc. »

On raconte l'expédition. Seuls, Jean et moi nous avions déménagé le coffre avec une Estafette volée. Ensuite nous l'avions ouvert à coups de masse et de coin. Très exactement comme il faisait, lui, pendant la guerre. Nous dûmes lui remettre le reste de l'argent et le crucifix. Nous ne sûmes jamais ce qu'il en fit. Il se marrait avec nous parce que tous les curetons sont de la jaquette. Dommage qu'on ait brûlé la lettre. Il aurait aimé lire ce que nous avions déchiffré : « Je me suis damné de ton corps. » Nous avions cru qu'il s'agissait d'une relation amoureuse de l'évêque avec une femme.

« Et les godemichets ?

— Les quoi ?

— Oui, les queues en caoutchouc, on nomme ça go-de-mi-chet.

— Ah...

— Eh oui, c'est des trucs pour les tantouses. C'était peut-être une lettre à un jeune séminariste...

— Entre hommes ?

— Ouais, et ne dites jamais que vous les avez brûlées. Si par malheur vous vous faites choper, dites que vous m'avez donné les lettres. Ce truc-là, ça peut aider à écraser le coup. »

Jean me dit :

« Tu vois que j'ai bien fait de lui en parler, au vieux. Il a de bonnes idées...

— Mais sa maladie est grave. On t'a jamais dit qu'une contrariété pouvait entraîner une rechute ? Il ne fallait pas lui dire à l'hosto.

— Justement, à l'hosto, il ne pouvait pas nous gueuler dessus. Maintenant, on a le feu vert.

— Quand même, j'ai cru qu'il allait y passer. »

À l'époque, 200 000 francs anciens représentaient pas mal d'argent. Nous pûmes tenir le temps qu'il resta à l'hôpital, satisfaits d'avoir la Vespa, de l'argent pour mettre de l'essence et de quoi manger à la maison. La peur de la taule nous calma. Selon la devise favorite du vieux : « Tout voir, tout entendre et rien dire. »

Nous allâmes le chercher à la sortie de l'hôpital. Handicapé, l'aorte bouchée, il devait avaler des médicaments et ne plus faire d'effort important.

Hospitalisé en hiver, alors qu'Elbeuf était sous la neige, Tonton revint quand les arbres en fleurs remuaient sous le vent du printemps.

Absent pour quelques mois, il s'était vu partir pour toujours. Sorti de l'hosto, il réintégrait le baraquement : « J'ai l'impression de sortir de taule. » Il voulait dire que chaque fois qu'on sort de prison la réalité apparaît transfigurée, magnifiée, le monde n'est plus que lumière. On ressuscite de la routine et de la banalité. Il retrouvait ses enfants, la cuisine de Gaby, les odeurs d'Elbeuf, son armoire, ses papiers, ses planques. Il s'empressa d'aller récupérer sa camionnette à la fourrière chez les flics. Le contact fut moins idyllique. Il examina la camionnette, s'attarda à écouter tous les bruits et la sortit comme on sort un bon pur-sang de l'enclos. Ses yeux semblaient dire : « Brave bête, t'es encore là, tu ne m'as pas abandonné. » Dès que le flic de service eut le dos tourné, il lui fit un bras d'honneur et appuya sur l'accélérateur. Direction « la maison ».

La maison. Le baraquement est divisé en quatre pièces sur une surface d'environ quarante mètres carrés. Une pièce où dorment Tonton et Gaby. Une pièce où nous dormons, moi et Jean. Et une chambre occupée par deux lits. Un grand lit où les trois sœurs dorment ensemble et un lit plus petit pour les deux petits frères. Quelquefois, l'un de nos frères vient dormir avec nous.

Dans la chambre de Tonton, se trouvent une armoire et un vieux bureau d'épicier ainsi qu'un ancien poêle de chantier qui sert d'appoint pour chauffer le baraquement quand il caille des meules. Dans la chambre des filles, les deux lits prennent toute la surface. Seule une étagère suspendue au-dessus de leur tête supporte un poste T.S.F. à lampes que Tonton leur a installé. Notre chambre a sa surface totalement occupée par le lit, une armoire et une penderie qui longe tout un pan de mur et contient l'ensemble des habits de la famille. C'est une construction maison, œuvre de Tonton qui n'a pas lésiné sur la charpente. Elle est fixée à 30 centimètres du plafond, d'une largeur de 70 centimètres et d'une longueur de 1,50 mètre. Elle tient grâce à trois équerres en fer. Une tringle à rideaux et une vieille tenture d'église délimitent cette penderie à laquelle on ne peut accéder qu'en enjambant notre lit. Nous sommes mieux lotis que les filles, qui se crêpent le chignon pour rien. Souvent elles se battent, et tout bouge dans le baraquement. Nous devons intervenir pour les séparer, parfois soigner leurs bleus et les consoler de temps en temps. Une phrase revient constamment : « Ne reste pas dans mes pattes. »

Les filles et les petits vont encore à l'école. Elles font leurs devoirs dans la chambre. Les petits traînent autour du baraquement et nous, les grands, nous traînons en ville. Les filles sont trois souillonnes, juste bonnes à recevoir des ordres et à aider aux tâches ménagères. Quand on rentre à la maison, on les trouve souvent assises, les coudes sur la toile cirée de la table commune, les yeux dans le vague, ou en train de rêver avec un magazine féminin. Elles trouvent le moyen de s'acheter *Nous Deux*. Elles se précipitent sur leur lit et se mettent à trois pour le lire. Gaby « joue » du droit de lire ce magazine pour obtenir d'être mieux secondée dans son travail et son devoir de femme. L'éducation, comme disent les psys. Telle mère, telle...

La mieux portante des filles est surnommée « la grosse ».

« La grosse, fais la vaisselle !

— Non, c'est pas mon tour.

— Ghislaine, la vaisselle ?

— Ah, hier, c'était déjà moi !

— Élise, la vaisselle ?
— Quoi, encore moi ? »

Gaby s'emmêle dans les rotations, y perd son latin. Elle s'énerve jusqu'à ce que l'une d'elles, la plus faible, se dévoue. C'est souvent la grosse qui trinque.

« Tu m'aides, Ghislaine ?
— Ça va pas, ma vieille. »

La grosse râle et finit par s'exécuter.

« La maison », voilà ce que venait de retrouver Tonton. De ses trois filles, c'est la grosse qu'il préférait : « Elle, au moins, elle est courageuse. » Quant à nous, nous paradions vers l'optimisme machiste et la décadence lourdingue de ceux qui ne se débrideront jamais les méninges. Mes sœurs n'ont jamais surmonté ce laminage.

L'une d'elles parle aujourd'hui comme un crado d'extrême droite alors que sa fille aînée fugue, que son fils vient de faire un séjour à Fleury-Mérogis et que dans le taudis où ils sont relégués, à L'Haÿ-les-Roses, ils vivotent avec la hantise de ne pas pouvoir payer le loyer.

L'après-midi de son retour, nous partîmes nous balader, satisfaits d'avoir Tonton de nouveau parmi nous, de le revoir en forme, ou semblant en forme. Cette courte absence creusa un décalage. À quinze-seize ans, on évolue, on s'émancipe vite. L'expérience acquise sans lui nous avait fortifiés. Quitte à gaspiller notre existence, nous avions la confiance des samouraïs, prêts à mener le combat de la vie. Ce jour-là, vu que c'était son retour, nous ne mouftions pas. Nous fîmes la tournée des grands-ducs. Il nous restait quelques louis à dilapider. Deux cents sacs. Comme on disait, « c'était des sous ».

Le litre de Préfontaines à 80 centimes, le paquet de gauloises bleues à 95 centimes, le pain à 25 centimes et le litre d'essence à moins de un franc, et France Gall qui vagissait sa *Poupée de cire, poupée de son* dans le transistor qu'on avait chouré et donné aux filles. Le soir, elles écoutaient « Dans le vent », sur Europe 1, « Salut les copains », et le chouchou de la semaine.

« Tiens, v'là Tonton ? »

« T'as l'air en pleine forme !... »

« On te croyait mort ! »

« T'as rajeuni, dis donc ! »

« Ça va-ti, mon feuss ? » (la mère Kno, elle dit « mon feuss » pour dire mon fils).

Passé ce moment des retrouvailles, le spectre du pain quotidien revint à grandes enjambées. Tonton n'arrivait pas à se maîtriser et dès qu'il tempêtait, sa forme apparente laissait la place à la cruelle maladie. Il devait s'asseoir pour soulager son cœur. Nous le soutenions, et cela l'humiliait.

C'est ce qui le décida à venir avec nous. Il était un homme diminué, amoindri physiquement. Il devint imprudent, désemparé, un vieux lutteur qui n'avait plus que ses deux fils auxquels se raccrocher. Lui qui aimait tant avoir le cul dans sa camionnette devait se faire accompagner de peur d'une défaillance. Ce qui arriva un jour ; il emboutit une Dauphine. Il perdit conscience. Nous, ses fils, n'avions jamais été des enfants de chœur, et nous l'étions moins qu'avant, partagés entre le désir d'aller au-devant de la vie et de rapporter de quoi manger à la maison.

Les filles aussi causaient des problèmes. Elles flirtaient, bravaient les interdictions de Tonton, qui avait coutume de dire : « Gardez vos filles chez vous, car je lâche mes coqs. » Élise, la plus grande, nous assiégeait pour qu'on l'emmène au bal ou au ciné. On faisait semblant de l'accompagner. En réalité, elle partait seule de son côté et nous du nôtre. Je finis par me dénicher une piaule en ville. Jean se mit en ménage avec Françoise. On se retrouvait chez Gaby pour manger et récupérer des chemises propres.

Tonton marchait courbé et s'appuyait aux portes, l'œil mauvais et la picole en renfort. Tristesse de le voir dans cet état à activer sa mise en terre. Les voisins remarquaient :

« Il n'en a plus pour longtemps, Tonton. Lui qui pétait le feu !... »

Gaby en bavait, car Tonton sombrait dans la folie. Un jour, il se battit dans un bistrot avec des jeunes qui ne prirent pas de gants et l'amochèrent. Jean et moi nous nous mîmes en chasse. Avec la camionnette, nous poussâmes leur Versailles dans la Seine, non sans les avoir copieusement avoinés, ce qui nous valut une garde à vue, un procès et l'obligation de rembourser le véhicule sous peine d'emprisonnement.

Gaby reprochait sans cesse le mauvais exemple, la mauvaise éducation, le désastre, et craignait de nous voir plonger en prison. Entre elle et Tonton, la vie commune n'était plus qu'un bloc de haine. Ils finirent par se séparer et elle atterrit au Parc Saint-Cyr. Dans cette cité H.L.M., il y avait un baraquement à l'écart. Il lui fut attribué par le service social.

De temps en temps, Tonton faisait encore des ramonages de cheminées. Il se sentait mieux, cessait de boire une quinzaine de jours et remettait ça. Bientôt le baraquement où était installée Gaby fut envahi par les récups de Tonton. Bien que séparé d'elle, il venait la voir pour lui livrer du bois, du charbon... Dès qu'il était « en fonds », il passait chez elle. Pour elle, le moral allait mieux. Elle disait continuer de l'aimer, mais ne pas pouvoir, ne plus pouvoir vivre avec lui. Il continua de vivre seul au baraquement, en compagnie du chien, Bouboule. Nous, ses gars, nous commencions à faire notre trou en ville. Les filles suivirent Gaby et découvrirent les joies du travail en usine. Gaby redevenait souriante. Tonton s'acoquina avec une autre femme. Un jour, elle interpella Tonton dans la rue et lui dit :

« Eh bien, t'as pas réparé la pédale de mon vélo, comment je vais faire pour aller à Caudebec-lès-Elbeuf, si je ne peux pas pédaler ? »

Il lui rétorqua :

« T'as pas besoin de pédale, t'es assez pédale comme ça !

— Si c'est comme ça que tu le prends, tu t'en trouveras une autre pour lui pédaler dessus, je vais retrouver mon bonhomme, espèce de con. »

Gaby le tenait de la mère Lefrançois, qui assista à cette scène. Elle dit :

« Il n'a jamais su s'empêcher de sauter ailleurs, mais je suis la seule qu'il aime. Il ne reste pas deux jours sans venir voir si j'ai besoin de quelque chose et pourtant, il est malade... »

Gaby rêvait secrètement d'une existence paisible et honnête. Mais les malheurs l'assaillirent. À soixante-dix ans passés, elle retrouvait facilement son sourire, ce qui est tout au mérite d'une vie douloureuse dont elle espère que « l'Autre, là-haut », dans son officine douteuse, tiendra compte, en lui réservant une place de choix, d'où il lui sera donné de revoir ceux qu'elle aime...

Tonton, le vieux sphinx, est descendu de son piédestal. La nuit s'abat sur lui et notre arrogance lui creuse un peu plus la douleur. On communique avec lui comme on frappe. On lui enfonce l'hameçon dans les reins pour le faire saigner. Nous sommes sans distance, sans ménagement ; le cran de sûreté qui nous retenait est en train de sauter : « Allez, bouge-toi, le vieux ! » Il se rebiffe : « Je suis encore votre père, respectez-moi... » Dans les rares moments qui nous rapprochent, on lui dit : « On va te l'acheter, ton Estafette. » Il conduit difficilement sa camionnette et veut se payer une Estafette Renault. Plus facile à conduire. Nous devenons diablement incorrigibles, fougueux, avec des brassées de poncifs ruraux à la bouche. Consternante évolution. Pendant que lui s'érode progressivement, nous n'avons plus de regard ni d'écoute, occupés à survivre en savourant notre jeunesse. L'âge ingrat donne dans l'inhumanité, l'indifférence.

Chez lui, nous étions chez nous.

Nous réchauffons une boîte de cassoulet. Il débarque, nous trouve à sa table, nous observe et demande si la DS-19 stationnée le long du quai de la Seine n'est pas à nous. À nous ? Sous-entendu : si c'est pas nous qui l'avons dérobée pour notre usage personnel. Garée avec les fils dénudés qui pendouillent sous le tableau de bord. C'est sûr qu'elle est volée. Il a vu les flics rôder autour.

« Alors, je vous préviens, lâche-t-il, au cas où »...

Nous répondons par l'affirmative. Le vieux est bien sympa de nous prévenir sans renauder. Le frangin et moi nous concertons sur cette voiture volée, devenue malsaine. Nous décidons de dégauchir ce piège à ratière en oubliant la DS-19. Que la poulaille planque, qu'elle planque, qu'elle nous attende *ad vitam aeternam*.

N'empêche, nous sommes allés à Évreux pour « la secouer » et 50 kilomètres dans notre espace étriqué, c'est le bout du monde. Tonton casse la graine avec nous. Ses yeux brillent, de bon augure. Les grasses plaisanteries déferlent :

« Les biftons, on va aller les chercher là où ils sont. »

On jacte, on jacte, et il est maintenant au parfum de notre projet, un peu contrarié.

Il s'agissait d'aller « taper » le coffiot d'une entreprise de transports. Nous devenons les corrupteurs de Tonton. Il propose de s'associer :

« Au moins, je vous éviterai de faire des conneries. »

Du coup, ses deux lurons redeviennent ses enfants. Il expose son plan d'opération. Drôle d'impression que cette vadrouille de hussards prolos qui s'unissent en famille, se métamorphosent en Arsène Lupin. La complicité, l'assentiment de Tonton nous excitent. Il vient de franchir l'ultime barrière, la seule autorité qu'on ne transgressait qu'avec gêne. Nous avons dû vivre ce moment comme une révolution libératrice. Cette opération eut l'effet de nous rendre à lui. Gaby s'en inquiète :

« Qu'est-ce que vous faites avec lui ? Ça cache quelque chose...

— On travaille, on va aider le vieux à faire un petit chantier, une toiture à retaper en entier...

— Ah... »

Pendant une quinzaine de jours, le temps des repérages et des divers préparatifs, nous cohabitons avec lui. Il s'attarde sur chaque détail : les véhicules qu'il faut laisser « propres », sans trace visible d'effraction et munis d'une doublette minéralogique sérieuse. Nous faisons comme il dit.

Le jour venu, nous partîmes à 11 heures du soir avec deux véhicules et le matos. Un tube Citroën et une 404 Peugeot. Le coin était tranquille. Il fut convenu que Tonton resterait caché dans le tube, à faire le guet. Vu sa santé, les efforts physiques étaient bannis.

La nuit, l'entrepôt avait un côté « Mystères de Paris ». Un muret l'entourait. Il suffisait d'escalader un lampadaire pour le franchir. La lumière forcenée qui troue la nuit, le vent qui balaye la poussière, quelques moustiques qui tournoient, attirés par ce jet blanc, et le silence, le silence, avec de temps en temps le bruit d'une voiture au loin.

On se déplaçait en retenant notre respiration. Ne pas bouger trop vite, et tout observer.

« Tranquille, on y va. »

On communiquait en chuchotant, comme les juges d'un tribunal qui se parlent à l'oreille pour prononcer une peine.

On avait affirmé à Tonton qu'il y avait « le maxi » dans le coffiot. Au cours d'un bal, une employée s'était plainte d'être si peu payée alors que le coffre de son employeur regorgeait de pognon, surtout en fin de mois.

Les fins de mois seraient pour nous.

Tonton avait compté le nombre de véhicules, d'employés, s'assura de l'emplacement du commissariat, de l'heure des rondes et du voisinage et piégea discrètement la serrure d'entrée, ainsi que la porte principale afin de voir si l'entrepôt n'était pas visité la nuit. Soupçonneux comme un monte-en-l'air qui a peur de se faire coffrer :

« Je suis sûr qu'il y a du flouze, là-dedans. Il a bonne gueule, ce casse. Il n'a jamais été fait. J'le sens. Il faudra juste se méfier du type qui habite en face, éviter le bruit, et on est peinards. Dans leur ronde, les schmidts ne passent pas par là. »

Nous escaladons à tour de rôle. Je passe la sacoche à outils au frangin. Le lampadaire, et hop ! me voilà avec lui dans la cour.

Nous demeurons un moment à l'écoute. Rien. Direction le bureau. On fracture la porte d'entrée avec le pied-de-biche. Le frangin met la cale. Je réintroduis le pied-de-biche en force. Il tient tout seul. Le frangin appuie sur la lourde. J'y vais d'un coup sec avec la barre qui fait office de manche et procure une prise de main en force.

La porte ne fait pas un pli. Juste un peu de bruit. On stoppe tout. On observe. C'est bon. À pas souples, voluptueux, on s'aventure jusqu'au premier étage. Nouvelle porte sur laquelle est inscrit *Bureau*. C'est là. Re-pied-de-biche. Il faut s'y reprendre à deux fois, à cause des serrures. Le burlingue sent la cire lustrée. Deux fenêtres donnent sur la rue et la lueur du lampadaire éclaire assez l'intérieur pour nous éviter l'usage de la torche électrique.

Nous investissons un autre bureau. Le coffiot y trône, majestueux. Le banquier capitaliste, le jacquot, le mammouth du rupin, le conteneur de la sueur.

« Dis, t'as vu ? Il est scellé au mur !

— Aïe, c'était pas prévu...

— Attends, lance le frangin, s'il y a autant de véhicules, il y a certainement un garage...

— Et qui dit garage dit chalumeau...

— Viens, on descend voir.

— Wouah... »

Dix minutes nous suffisent pour trouver un chalumeau. Celui-ci est complet, il y a même des buses pour le découpeur. On s'installe à la besogne qu'on soigne. On dirait une des voitures qu'on découpait à la casse. L'objet ne bronche pas. Par mépris peut-être. On a toujours raison de se révolter devant l'insolence d'un coffiot. Même les clients de la banque en rêvent, en bavent secrètement d'envie.

De la rue, Tonton aperçoit les éclairs rouges, les éclairs de feu bleus aveuglants du chalumeau. Il se maudit d'être là, passif, de ne pouvoir escalader le mur pour voir ce que ses deux abrutis de fils sont en train de magouiller. Il pense qu'on fait du zèle en découpant le coffiot sur place. Dans ces cas-là, il faut mettre une couverture aux fenêtres, car si une voiture de police passe, elle pige tout de suite.

Il croit que nous manquons d'expérience et qu'on va cramer les billets. S'il savait. Le coffiot est vite délesté de son support mural. Nous le traînons jusqu'aux escaliers. Opération qui nous donne du souci. C'est un Fichet-Bauche de 300 kilos. On le crapahute marche par marche :

« Tiens-le... Aïe mes mains... Aide-moi, aide-moi... Je lâche... Ouille... »

Le frangin et moi on jure, le front en nage. L'effort et la peur mêlés. Voilà près d'une heure que nous attaquons la bête. Il y en a qui se contentent de naître, à bon port, sous le soleil. Les exclus, les damnés flamboient comme ils peuvent... Après nous, le démocrate aura mal à son coffre. On se met le torse en lambeaux :

« Allez, lève, soulève ! »

Le coffiot se retrouve en bas. On le hisse sur un diable et on le déplace jusqu'au milieu de la cour, face à la porte principale. On navigue vers la perdition, proies de la misère, futures proies de la justice. Le coffiot se tient coi. Le frangin remballe ses outils et s'en va chercher le tube Citroën, pendant qu'avec le coupe-boulon je fais sauter la chaîne qui tient fermée la porte principale.

Le coffiot reste seul sur son quai avant l'embarquement. En pleine nuit, au milieu de la cour, il attend sa capitulation. Insolite. Nous ne sommes que des bêtes libres dans le poulailler d'un nanti, allant de concert, de nuit, avec un véhicule pour assurer la fuite. « Sera puni de la réclusion criminelle de cinq à quinze années, le, les coupables de vol commis avec la réunion de trois des quatre circonstances annoncées. »

Ailleurs, il y a les réglés sur le réveil du petit matin. Dring. Dring-dring, à 6 heures tu te lèves, à 7 tu vas vers l'usine, à 8 tu mets ta feuille de présence dans la pointeuse. À midi, tu souffles un peu. Retour à 19 heures. Les infos, les gosses qui se prennent des gifles. Et Bobonne, un coup entre les jambes, par routine et habitude. À 23 heures tu ronfles déjà, en ayant pris soin de remonter le réveil.

J'entends le frangin qui démarre le tube Citroën. J'ouvre les portes. Je recule la fourgonnette à cul, près du coffre. Assis du côté passager, Tonton nous observe en train de faire riper le coffiot à l'intérieur. Soudain, Tonton éructe :

« Tarpé, tarpé ! La fenêtre d'en face, le type.

— O.K. Vu.

— Allez, magnez-vous, il va appeler les flics.

— Pas la peine de s'affoler », répond le frangin.

Le type à la fenêtre gueule, vaguement paniqué. Il nous interpelle d'un :

« Qu'est-ce que vous faites... Qui vous a autorisés... Inutile de vous sauver, j'ai relevé votre immatriculation... »

Brave chien de garde qui ignore qu'elle est fausse. Nous réussissons à fermer l'arrière de la fourgonnette, les portes à ras du coffiot. Il résiste.

Le quidam continue d'ameuter, seul à sa fenêtre. Sa bourgeoise doit être en train de tuber à la flicaille. Le frangin s'est installé au volant et, lesté du poids du délit, conduit rageusement le tube Citroën. J'en fais de même en m'engouffrant dans la 404. Je suis. Je colle. J'escorte. En cas de coup dur, vu le peu de nervosité de la fourgonnette, je suis chargé d'attendre qu'ils larguent tout, de les prendre à bord d'un véhicule capable de tenir une course-poursuite. Nous croisons en sens inverse une voiture de police qui se dirige à tombeau ouvert vers l'entreprise.

Un coup d'œil dans mon rétro pour voir si notre passage ne suscite pas un réflexe, le tilt catastrophique où le flic inspiré pointe son doigt et crie :

« C'est eux, demi-tour. On les prend en chasse. »

Ils ont dû lancer un message radio avec notre direction. Nous sommes déjà à la sortie de Louviers et prenons la route de Vernon. Tonton va nous mener à un endroit isolé où l'on va pouvoir s'occuper du jacquot. Il dit :

« C'est la route de Paris. On abandonnera le coffiot ici et ils penseront que ce sont des gars de Paris qui ont fait le coup. »

Notre vieux, c'est le démiurge, le *deus ex machina* de la bande. Il pense à tout. Le frangin explique les aléas du coup, lui et Tonton se marrent, tout contents. Le plus gros est fait, reste ce léger doute : « J'espère qu'on n'a pas fait le déplacement pour rien. »

Avec Fichet-Bauche, plus de problème. Vos économies sont protégées. La tête du proprio doit être bonne à voir. Le goût de l'argent a changé de mains. Eh oui, désolés de contredire Fichet et Bauche, la cambriole n'est pas un mythe. Dans la nuit, tous nos réflexes sont aux aguets. Nous roulons à perte de vue vers Vernon et vers le bonheur.

À 6 heures du matin, la ville commence à s'éveiller ; quelques vitrines pimpantes s'allument. Au volant de nos véhicules volés, lestés de notre fatigue de malfaiteurs, nous la traversons. Un peuple haillonneux fait pitié. S'ils savaient notre coupable aventure ! Dans cette ville, des matons sont à l'œuvre. Inscrits au présent, au passé et au futur, ils nous attendent déjà derrière les murs de leur prison.

Devant nous une lumière orange. Le gyrophare. Flic ? Ambulance ? Dépanneuse ? En ce temps-là, tous avaient le même gyrophare orange. La hantise, la crainte se précisent. Ce sont les flics. Je me tiens prêt.

Dans le tube Citroën, Tonton doit dire au frangin de ne pas paniquer. Rien de grave, il s'agit d'un accident de circulation. Deux voitures se sont farouchement emplafonnées. Des morceaux de fer, de pare-brise, de tôles froissées jonchent la chaussée. Une ambulance évacue un blessé et les flics détournent la circulation. Il faut passer devant eux. Le frangin est nerveux, je le vois à la manière dont le tube avance.

Merde ! Merde ! La portière arrière du tube est en train de s'ouvrir, le coffiot a basculé avec les à-coups et ses 300 kilos tordent les minces portières en tôle qui vont céder. Je ne peux même pas klaxonner pour les prévenir car j'attirerais l'attention des flics. Petits bonds du tube qui avance d'un mètre. Aïe ! Ça y est. Le coffiot dégringole sur la chaussée. Un bruit de ferraille l'accompagne dans sa chute et un flic pointe son regard dans cette direction. Les yeux écarquillés de stupéfaction. Un coffiot sur la chaussée, au milieu de la route, à 6 heures du matin, et deux types suspects au volant d'une fourgonnette ? Il réagit d'un :

« Hep ! Hep ! Vous, restez là ! »

Le frangin ne fait ni une ni deux, il emboutit et pousse une 2 CV qui bloque le passage, donne un vif coup de volant, escalade un quart du trottoir et s'efforce de mettre la gomme pour déguerpir. D'autres flics accourent, pas un seul n'a le réflexe de dégainer. Ils sont derrière le tube et tentent stupidement de courir après. Trop tard, l'engin file hors de portée.

Je saisis ce moment pour m'engouffrer dans la brèche et passe devant eux en démarrant sur les chapeaux de roues. On se retrouve à la sortie de Vernon. Tonton et le frangin abandonnent le tube pour monter avec moi.

Tonton a de bonnes réactions ; il dit qu'on va tomber sur un barrage et que le mieux est de retourner sur nos pas, de pénétrer dans Vernon, en prenant les petites routes et ensuite direction Mantes-la-Jolie où l'on abandonnera la voiture pour rentrer en train. Mantes-la-Jolie est à environ 20 kilomètres de Vernon, une ville de moyenne importance, où on peut se noyer au plus vite.

Ce qui fut dit fut fait. Nous rentrâmes la mort dans l'âme, en train.

La presse régionale nous apprit, vrai ou faux, qu'il y avait plus de trois briques (anciennes) dans le coffiot et que la perspicacité de la police nous avait coincés, nous obligeant à abandonner l'engin pour alléger la fourgonnette et assurer notre fuite. Le journaleux concluait que la police était sur une piste sérieuse et que les malfaiteurs seraient vite appréhendés.

Saleté de coffiot. Il nous avait donné du mal pour rien. Tonton s'abstint de renouveler ce genre d'épisode avec nous. Son cœur mis rudement à contribution le cloua au lit pour quelque temps. Il s'inquiétait, s'attendait à voir la police débarquer. Quand elle apprit l'affaire, quelques mois après, Gaby eut ce mot imbécile :

« Bah tiens ! y a toujours une morale. Bien mal acquis ne profite jamais. »

Dégrisé de ces délits qui n'étaient point de bonne fortune, le frangin venait de s'installer dans un trois-pièces de la rue Guynemer avec Françoise, grosse de ses œuvres. Le manque d'argent causait des déchirements. Ils s'aimaient tumultueusement, jusqu'au bout d'eux-mêmes, à se consumer ensemble dans le bonheur et la tragédie. Des disputes accompagnaient leurs sentiments, des scènes dont Françoise, avec son gros ventre, sortait démolie. Et ils marchaient épaule contre épaule, enlacés, se tenant par la main, adoucis. Ils réapparaissaient le cœur fleuri sous les traits de beaux enfants qui s'aiment.

Françoise l'embrassait à tout bout de champ, une pulsion, une offrande, un désir impossible à arrêter. Elle l'aimait avec fièvre, jusqu'à le saigner. On les voyait conjugaux et cannibales. Par chance, le frangin venait de trouver un travail. Françoise enceinte pédalait sur son vélo pour aller l'attendre à la sortie. Une belle fille entichée d'un marlou.

Le frangin fut sollicité pour réparer la 202 Peugeot camionnette d'un artisan en menuiserie, M. Dela. Satisfait, le brave homme, qui consacrait sa vie à militer contre l'alcoolisme avec le concours de la Croix-Bleue, lui proposa un boulot de remplacement. Le frangin se retrouva menuisier. Cela lui plut.

Françoise et Jean eurent deux enfants : Fabrice et Valérie. Vingt ans après la mort du frangin, ses enfants qui l'ont peu connu mais imaginé à travers leur mère en parlent au présent. Ils disent : « Papa Jean. » L'amour de Françoise est au-delà de la mort. Amour rendu muet, amour d'éternité.

Dans l'appartement de Françoise, la photo de Jean trône sur le buffet et dans sa chambre, le secret de son cœur, l'amour dévotion et le refus effréné d'une autre vie.

Tu es mort à vingt-quatre ans, le frangin. Peu d'individus auraient assez d'une vie entière pour qu'on les aimât au point où nous t'avons aimé, ta femme et moi. Courte ou longue, la vie n'est qu'un séjour.

En avril 1987, Fabrice, le fils de Jean, s'est jeté sous un train, s'en allant ainsi rejoindre son père.

Je me souviens de la silhouette de M. Dela. Grand, dynamique et jovial, il roule dans une Vedette Ford et dit à Tonton :

« Je ne la prête plus à mon fils, car il va trop vite. Je m'en suis rendu compte au nombre de moustiques écrasés sur les phares et le pare-brise. »

Il ne tarit pas d'éloges sur le savoir-faire de Jean, qui sait tout faire de ses mains, anticipe l'apprentissage de la menuiserie et règle la raboteuse à bois.

Le frangin est couvert de sciure, elle lui pénètre les oreilles et les trous de nez. Il sent le bois travaillé. Cette période est bonne, d'autant plus que Valérie est née, avec de grands yeux clairs. Jean vient d'obtenir son permis de conduire, du premier coup. Il en est fier. C'est un adulte, un père de famille, un travailleur momentanément honnête, et il ne s'en plaint pas. Son employeur lui laisse la camionnette en dehors du travail, mieux, il fait tout pour l'aider à s'installer dans ses meubles. Il dit « mon Jean », et le frangin arrange son trois-pièces. Le dimanche, dans la camionnette, avec Françoise et Valérie, ils vont se promener.

Le frangin porte un pantalon de costume bleu nuit, des chaussures à boucle, une chemise blanche et une cravate noire. Les manches de sa chemise sont retroussées. Françoise rouspète car, même endimanché, il bricole, passe sous les bagnoles, dès qu'il voit un type en panne sur le bord de la route.

Françoise se coiffe les cheveux relevés à la mode années 60, s'habille d'une robe qui laisse voir ses jolies jambes et Valérie, avec eux, entre eux, balbutie, marchote, porte un ruban blanc dans les cheveux et une petite robe à dentelles. Presque l'image du bonheur.

Jean veut que je vienne manger chez lui, que j'y dorme, désireux de montrer sa réussite, de me la faire partager. C'est lui, le grand, avec l'esprit de chef de famille qui l'anime. C'est contraire à notre éducation, à notre misère et à notre illégalisme instinctif.

Le frangin participe activement, se plaît dans cette relation de confiance et ce travail qui n'est ni de l'esclavage ni des gestes vides. Il gagne bien. M. Dela lui verse une paye officielle, assortie de primes « de la main à la main » lorsqu'il exécute un travail urgent. Le frangin ne compte pas ses heures mais obéit à la nécessité de finir le boulot. Un jour, tout bascule. Le frangin sera le dernier employé de M. Dela. Il l'accompagnera au tribunal, au dépôt de bilan, sauvant avec M. Dela tout ce qui peut être sauvé. L'argent, le caprice d'une banque sèmeront la ruine et le drame.

Les expéditions nocturnes recommencent. On va au plus urgent et l'on redémarre petit. Nous volons de la viande, des pommes de terre, du charbon, malgré les récriminations de Françoise :

« Je ne veux pas vivre dans les transes, comme ta mère. »

Les femmes sont plus raisonnables que les hommes.

Elles tempèrent, maintiennent l'entendement, et, comme pour nous faire payer cette trahison d'avoir couché dans le lit de l'honnêteté, nos virées nocturnes à base de chapardages et autres cambriolages s'exécutent avec moins de bonheur. La gendarmerie débarque à l'aube en grande pompe et nous passe « les bijoux de famille », c'est-à-dire les menottes. Le tout suivi d'une perquisition générale; perquise chez Tonton, perquise chez Gaby, perquise dans ma chambre meublée, perquise rue Guynemer.

Ils trouvent quelques babioles frauduleusement soustraites. Dans le fourgon cellulaire qui nous emmène, je montre mes épaules à Tonton et à Jean parce qu'il faudra bien qu'il y en ait un qui se dévoue. Ils plissent de l'œil pour transmettre le message; devant eux, j'interpelle un gendarme d'escorte et déclare à voix haute :

« Eux, ils n'ont rien à voir là-dedans. Ils n'étaient pas au courant, je vais vous dire la vérité : c'est moi. »

Le « gen-gen » me prie de la boucler, de ne pas jouer au malin. Je regarde Tonton et le frangin afin de m'assurer qu'ils ont bien pigé. Je crois que oui.

Quarante-huit heures après, nous sommes réembarqués, séparément cette fois, ce qui m'inquiète, et nous nous dirigeons vers le palais de justice de Rouen pour y être présentés à un juge d'instruction :

« Alors, c'est vous ?

— C'est moi, monsieur le juge.

— Tout seul ?

— Oui.

— Ce qu'on a découvert chez votre frère ?

— Je l'ai entreposé à son insu.

— Difficile de vous croire !

— C'est pourtant la vérité.

— Et l'arme provenant de l'entrepôt à ferraille de votre père ?

— Également à moi.

— Également à l'insu de votre père ?

— Oui. »

Il se lève de son bureau et se penche vers moi en me hurlant dans les oreilles :

« Tu me prends pour un con... Il n'est pas blanc-bleu, ton père, c'est lui qui t'a enseigné ce système de défense tordue ?

— Il est malade...

— Et alors, ça n'excuse rien !

— C'est pas lui, je vous assure, monsieur le juge.

— Je te préviens, mon gars, tu vas coucher en taule ce soir si tu continues. Tu sais qui je suis : LE JUGE. Et si tu me dis toute la vérité, je verrai si je peux t'accorder une libération sous contrôle judiciaire, alors ?

— C'est comme j'ai dit.

— Si tu persistes, tu prendras le maximum, alors qu'eux feront les beaux dehors. »

Dans le couloir, je croise Jean et Tonton. Je les interroge des yeux. Jean me montre ses poignets démenottés. Je pige. Ils demandent au gendarme s'ils peuvent m'embrasser. Le gendarme fait état d'une interdiction de communiquer pour motiver son refus. Ils rentrent à Elbeuf, et moi j'entre en prison, soulagé d'y aller seul. C'est la naissance de ma première règle morale, rentrer seul en prison.

Soulagé d'être en prison. C'est bien là un réflexe de coupable. Coupable si j'avais eu mon père comme compagnon de détention, coupable d'arracher le frangin à Françoise et à Valérie. Sorte de casuistique à l'envers. « Laisse-moi tomber, sauve ta peau. » C'est notre idée du bien à nous. Elle est cette part d'humanité qui en vaut bien d'autres.

Le procès-verbal établit que je me suis rendu coupable d'avoir cambriolé une villa et d'avoir recelé une arme de collection volée. Le procureur affirme que mes déclarations n'ont nullement entamé sa conviction, à savoir la participation du père et du frangin au délit. Il pointe son doigt vers eux, présents dans la salle, et admet qu'il n'a aucune charge, vu que j'ai bien retenu la leçon, que je respecte la loi du silence et entre en délinquance avec un comportement de truand.

« Alors, conclut-il, vous devez le juger comme un truand chevronné. »

Il réclame dix mois de prison ferme. Le tribunal en concède huit. Me voilà avec mes huit mois de cabane à purger. En sortant entre deux pandores, j'aperçois Jean et Tonton qui me font un signe d'encouragement.

Le revolver avait atterri bizarrement dans les pognes de Tonton. Un jour, au cours d'une partie de rodéo avec sa Juva-4, nous nous étions payé un tonneau. Elle était fichue. Comme je préparais mon permis de conduire, le frangin m'avait dégotté une traction avant noire, de toute beauté, impeccable, « un bon coup de fusil », pour employer notre jargon. Cette voiture acquise pour une bouchée de pain, au prix de la casse, avait une bielle coulée. Nous avions changé le moteur et j'attendais d'avoir le permis pour la prendre. Le père exigea qu'on lui fasse cadeau de la traction en dédommagement de sa Juva-4.

Devenu propriétaire, il dit un jour à Gaby : « Viens, on va au bal de la Saint-Jean, à Bourgtheroulde. » Au moment de repartir, il eut un problème de batterie. Il fouina à l'intérieur de la traction, pour voir s'il n'y avait pas quelque outil, et, sous la banquette, il crut sentir une clef à molette, tira la chose et tomba sur l'arme, un modèle 92... Il poussa une gueulante. Il nous affirma l'avoir jetée.

En réalité, il l'avait cachée dans un vieux tuyau de poêle en aplatissant ses deux bouts.

Les pandores tombèrent dessus, intrigués. Ils ouvrirent le tuyau de poêle et découvrirent le flingue... J'en avais pris la responsabilité pour décrocher pénalement le vieux. Sa rengaine dans ses moments d'impotence, de lassitude, était de dire qu'il attendait d'avoir des munitions pour s'exploser le ciboulot.

Je purgeais mes huit mois de prison.

Soudain ce fut la nuit. Les juges m'avaient dirigé vers un bagne qu'ils osaient qualifier de « centre des mineurs », à l'intérieur de cette forteresse carcérale, la prison « Bonne Nouvelle ». J'ai survécu comme une poutre de fer. La rage et la haine me furent inculquées à vie dans ce désert sans mains humaines. Pour en parler un jour, j'évoquerai l'épouvante, les sévices, l'agression physique qui furent mon apprentissage. J'achevai de grandir en geôle, entre les pattes de matons sadiques, avec quelques mètres carrés où survivre.

Je me souviens du premier mandat reçu en prison et posté par le frangin. Je le regardai, le touchai, en observai l'écriture. Ce fil, ce lien avec l'autre monde, et la somme, quinze francs, me secouaient le cœur et le moral.

Tonton et le frangin vinrent me voir régulièrement. Tonton se plaçait la main sur le cœur dès qu'on l'introduisait dans la cabine du parloir. De derrière la vitre, il me disait :

« Ça fiche un drôle de coup de revenir ici, j'connais trop cette ratière, on dirait que j'ai le palpitant qui va lâcher. Évite les provocations, ça les fait jouir de mettre les gars au chtard, le mitard.

— Ça s'appelle toujours le " chtard " et, " gaffe ", le gaffe, maintenant je sais ce que ça veut dire. À la maison, comment ça va ?

— Les cognes viennent maintenant pour un oui et un rien. On reste au vert. C'est dur, y a pas de blé. T'as reçu le mandat ? On fera mieux dès qu'on pourra, t'inquiète pas.

— Parloir terminé ! »

Le gaffe me reconduit à ma cellule et me dit :

« T'as pas intérêt à dire des conneries sur nous, tout est enregistré au parloir, vu ?

— Vu... »

Clac-clac ! La lourde se referme sur ma solitude-jeunesse.

Un matin d'hiver, on me libéra, à 7 heures moins le quart. Il faisait nuit noire quand je me suis retrouvé dans la rue, seul. J'ai immédiatement aperçu le Renault, garé à quelques mètres. Tonton, un peu plus fatigué, et le frangin m'attendaient. Je m'étonnai de voir la camionnette remise en service. On me dit que, ces temps-ci, on battait la dèche. Dès que nous fûmes rendus à proximité d'Elbeuf, je pris le volant. Dans la famille, pour Gaby, les sœurs, le voisin, j'étais le héros du jour. Mon premier geste d'homme libre fut d'acheter des croquettes en chocolat. Des croquettes dites de Noël. La liberté retrouvée reprenait ses dimensions ordinaires.

Littérature

extrait du catalogue

Cette collection est d'abord marquée par sa diversité : classiques, grands romans contemporains ou même des livres d'auteurs réputés plus difficiles, comme Borges, Soupault. En fait, c'est tout le roman qui est proposé ici, Henri Troyat, Bernard Clavel, Guy des Cars, Frison-Roche, Djian mais aussi des écrivains étrangers tels que Colleen McCullough ou Konsalik.

Les classiques tels que Stendhal, Maupassant, Flaubert, Zola, Balzac, etc. sont publiés en texte intégral au prix le plus bas de toute l'édition. Chaque volume est complété par un cahier photos illustrant la biographie de l'auteur.

ADLER Philippe	**Bonjour la galère** 1868/**2**
	Les amies de ma femme 2439/**3**
	Graine de tendresse 2911/**3**
	Qu'est-ce qu'elles me trouvent ? 3117/**3**
AGACINSKI Sophie	**La tête en l'air** 3046/**5**
AMADOU Jean	**La belle anglaise** 2684/**4**
AMADOU - COLLARO - ROUCAS	**Le Bêbête show** 2824/**5** & 2825/**5** Illustrés
AMIEL Joseph	**Le promoteur** 3215/**9**
ANDERSON Peggy	**Hôpital des enfants** 3081/**7**
ANDREWS Virginia C.	*Fleurs captives :*
	- Fleurs captives 1165/**4**
	- Pétales au vent 1237/**4**
	- Bouquet d'épines 1350/**4**
	- Les racines du passé 1818/**4**
	- Le jardin des ombres 2526/**4**
	La saga de Heaven :
	- Les enfants des collines 2727/**5**
	- L'ange de la nuit 2870/**5**
	- Cœurs maudits 2971/**5**
	- Un visage du paradis 3119/**5**
	- Le labyrinthe des songes 3234/**6** (Juin 92)
APOLLINAIRE Guillaume	**Les onze mille verges** 704/**1**
	Les exploits d'un jeune don Juan 875/**1**
ARCHER Jeffrey	**Le pouvoir et la gloire (Kane et Abel)** 2109/**7**
	Faut-il le dire à la Présidente ? 2376/**4**
ARSAN Emmanuelle	**Les débuts dans la vie** 2867/**3**
ARTUR José	**Parlons de moi, y a que ça qui m'intéresse** 2542/**4**
ATWOOD Margaret	**La servante écarlate** 2781/**4**
	Œil-de-chat 3063/**8**
AURIOL H. et NEVEU C.	**Une histoire d'hommes/Paris-Dakar** 2423/**4**
AVRIL Nicole	**Monsieur de Lyon** 1049/**3**
	La disgrâce 1344/**3**
	Jeanne 1879/**3**
	L'été de la Saint-Valentin 2038/**2**
	La première alliance 2168/**3**
	Sur la peau du Diable 2707/**4**
	Dans les jardins de mon père 3000/**3**
AZNAVOUR-GARVARENTZ	**Petit frère** 2358/**3**
BACH Richard	**Jonathan Livingston le goéland** 1562/**1** Illustré
	Illusions/Le Messie récalcitrant 2111/**2**

	Un pont sur l'infini 2270/**4**
	Un cadeau du ciel 3079/**3**
BAILLY Othilie	**L'enfant dans le placard** 3029/**2**
BALLARD J.G.	**Le jour de la création** 2792/**4**
BALZAC Honoré de	**Le père Goriot** 1988/**2**
	Le colonel Chabert 3235/**1** (Juin 92)
BANCQUART Marie-Claire	**Photos de famille** 3015/**3**
BARREAU Jean-Claude	**Oublier Jérusalem** 3121/**3**
BARRET André	**La Cocagne** 2682/**6**
BARRIE James M.	**Peter Pan** 3174/**2**
BATS Joël	**Gardien de ma vie** 2238/**3** Illustré
BAUDELAIRE Charles	**Les Fleurs du mal** 1939/**2**
BEARN Myriam et Gaston de	Gaston Phébus :
	1 - Le lion des Pyrénées 2772/**6**
	2 - Les créneaux de feu 2773/**6**
	3 - Landry des Bandouliers 2774/**5**
BEART Guy	**L'espérance folle** 2695/**5**
BEAULIEU PRESLEY Priscilla	**Elvis et moi** 2157/**4** Illustré
BECKER Stephen	**Le bandit chinois** 2624/**5**
BELLEMARE Pierre	**Les dossiers d'Interpol** 2844/**4** & 2845/**4**
BELLEMARE P. et ANTOINE J.	**Les dossiers extraordinaires** 2820/**4** & 2821/**4**
BELLETTO René	**Le revenant** 2841/**5**
	Sur la terre comme au ciel 2943/**5**
	La machine 3080/**6**
	L'Enfer 3150/**5**
BELLONCI Maria	**Renaissance privée** 2637/**6** Inédit
BENZONI Juliette	**Un aussi long chemin** 1872/**4**
	Le Gerfaut des Brumes :
	- Le Gerfaut 2206/**6**
	- Un collier pour le diable 2207/**6**
	- Le trésor 2208/**5**
	- Haute-Savane 2209/**5**
BERBEROVA Nina	**Le laquais et la putain** 2850/**2**
	Astachev à Paris 2941/**2**
	La résurrection de Mozart 3064/**1**
	C'est moi qui souligne 3190/**9**
BERG Jean de	**L'image** 1686/**1**
BERTRAND Jacques A.	**Tristesse de la Balance...** 2711/**1**
BEYALA Calixthe	**C'est le soleil qui m'a brûlée** 2512/**2**
	Tu t'appelleras Tanga 2807/**3**
BISIAUX M. et JAJOLET C.	**Chat plume (60 écrivains...)** 2545/**5**
	Chat huppé (60 personnalités...) 2646/**6**
BLAKE Michael	**Danse avec les loups** 2958/**4**
BLIER Bertrand	**Les valseuses** 543/**5**
BORGEN Johan	**Lillelord** 3082/**7**
BORY Jean-Louis	**Mon village à l'heure allemande** 81/**4**
BOULET Marc	**Dans la peau d'un Chinois** 2789/**7** Illustré
BRADFORD Sarah	**Grace** 2002/**4**
BRAVO Christine	**Avenida B.** 3044/**3**
	Les petites bêtes 3104/**2**
BRUNELIN André	**Gabin** 2680/**5** & 2681/**5** Illustré
BURON Nicole de	**Les saintes chéries** 248/**3**

3210

Achevé d'imprimer en Europe (France)
par Brodard et Taupin à la Flèche (Sarthe)
le 9 avril 1992. 1982F-5
Dépôt légal avril 1992. ISBN 2-277-23210-6

Éditions J'ai lu
27, rue Cassette, 75006 Paris
Diffusion France et étranger : Flammarion